TERRA

ONDULANTE

TERRA ONDULANTE

PAULO STRELZUK

Dados Internacionais de Catalogação na Publicação (CIP)
(Câmara Brasileira do Livro, SP, Brasil)

Strelzuk, Paulo
 Terra ondulante / Paulo Strelzuk. -- Porto Alegre,
RS : Ed. do autor, 2022

 ISBN 978-65-00-51545-9

 1. Ficção brasileira   I. Título.

22-125070   CDD-B869.3

Índices para catálogo sistemático:

1. Ficção : Literatura brasileira   B869.3

Eliete Marques da Silva - Bibliotecária - CRB- 8/9380

*Em memória de meus pais, Prokop, pela sua solidão,
e Marja, pela serenidade apesar de tudo.
A Neide, comigo nos vinhos, ventos e volteios até a música silenciar.
Para meu filho Gustavo que, de bem com a vida, segue adiante...*

01

Duas semanas, o período que Fábio permaneceu na fazenda de Américo, no entanto aparentemente foi mais que isso. Não, não será fácil esquecer esses dias, o que deixou para trás ao escapar da fazenda. Há poucas horas estava lá, agora está indo embora. Com pressa de cair fora, e nunca mais voltar. E a ânsia maior, retomar o domínio de si mesmo e das coisas ao redor, e com isso libertar-se do horror, desses tempos de martírio, e reencontrar sua soltura e desafogo, seu regresso ao mundo real.

Naquele dia, quando chegou à fazenda Porteira Verde, tudo ainda era normal, nos seus devidos lugares, numa hierarquia identificável, numa classificação conhecida, estável como um muro de tijolos, os fatos numa sequência linear e previsível, e os problemas ou as dificuldades eram de algum modo, bem ou mal, solucionáveis. O mapa continha-se inteiro, visível, compreensível a ele; sabia o que fazer, como agir. Estava tudo claro, naquele dia.

Depois não mais.

Há algo que brota naquela fazenda que exala ruindade, que perturba, que faz estontear os pensamentos; acima de tudo, corrói certezas, desmonta qualquer lógica. Como se daquele solo rachado pelo calor germinassem caules finos como cipós, ondulantes como membros de polvos, vindos das profundezas da terra com o propósito de enlaçar até a asfixia intrusos como ele. E, antes, bem antes de vir a esse lugar, teve aviso de que, propagam os moradores da região, alguns incidentes obscuros parecem acontecer lá, mais que isso, aberrantes, a se temer. Os alertas, sabem muito bem os que já tiveram perdas ou experiências ruins, não devem ser ignorados. E ele? Nada, nenhum cuidado, total displicência, quase que indiferença – falta sua. Imperdoável, insanável, desprezo caro este. Pois já no primeiro dia, ao desembarcar na rodoviária, o comportamento do motorista de táxi, a sua recusa de levá-lo à fazenda, deveria, pelo sim pelo não, ao menos lhe incitar uma atenção maior. A segunda imprudência sua foi logo a seguir, no bar onde o táxi lhe deixou: não deveria ter se exposto tanto; embora incomodado com a curiosidade que a sua presença havia suscitado nas pessoas, permaneceu no local - como se não desse importância a possíveis consequências. A terceira advertência, desconsiderada de todo, precaução zero, foi quando o capataz da fazenda, Américo, disse que aqui tem uma danação de aterrorizar, e que abala qualquer um, e faz tremer da cabeça aos pés, e o coitado, o apavorado, o infeliz vai querer se safar, pôr-se a salvo, e se não correr logo, se demorar por aqui não conseguirá mais se libertar do lamaçal, se atola até à cabeça, a mente se retorce pra valer. Atribuiu essas palavras a bebida, pois o capataz havia consumido uma quantidade significativa de cerveja, ou simples brincadeira dele, e descartou o que se profetizava. E foi isso mesmo. Viu-se encapsulado num ambiente que lhe afetou tanto a ponto de erodir a sua razão de estar ali, corrompeu o roteiro e desempenho a que se propôs; sim, uma atormentadora adversidade se abateu sobre si, solidificou-se, incapacitou-o de agir como deveria. Afora isso, o comportamento repressor daquele capataz, um homem que conviveu com o demônio e injetou-se do mesmo mal, e fez da sua estada na fazenda um processo extenuante de decomposição de si mesmo. Sim, houve prenúncios, porém o que lhe faltou foi cautela, o pouco caso com a prevenção, daí o que se sobressaiu foi o seu desdém, este que, se não anulado pela sua própria arrogância, lhe teria poupado do que teve de suportar. E depois... e depois outros indícios do que viria...

Sim, aqueles acontecimentos extraordinários ficarão para sempre na sua memória. Pois, apesar das confusões que lhe assolaram o intelecto e os sentidos, recorda-se de tudo na sua amplitude inteira, no seu desenrolar completo, desde o início, detalhe por detalhe, sem lapsos, sem vácuos, a partir do instante, o maldito momento em que desembarcou na rodoviária — esta pela qual pretende evadir-se agora.

02

Dia claro, luminoso, Fábio, no ônibus, sente-se sonolento pelo longo tempo de viagem, e seu estado de espírito é de relativa tranquilidade. Isso se altera quando os passageiros começam a se movimentar — vozes, ajeitar de posições, mexer de bagagens de mão, prenunciando a chegada ao ponto final. O ônibus sai da rodovia, do asfalto, toma uma estrada secundária, cessa o deslizar que remetia as pessoas à dormência ou à reflexão, diluem-se o balanço e o ruído frouxo do motor em velocidade — exceção apenas no esforço de vencer uma subida ou no arrancar para uma ultrapassagem. Para trás a imensidão verde e ondulada da pradaria, da paisagem ampla e limpa dos Campos de Cima da Serra, dessa parte nordeste do Rio Grande do Sul que pela primeira vez tem a oportunidade de conhecer. Agora, ao adentrar na cidadezinha, o cenário é outro: o panorama é restringido por casas, prédios, cercas, postes, veículos, pessoas nas calçadas, paralelepípedos. O ônibus avança em lentidão, o chiar de freios a intervalos, o piso irregular, o calçamento a reclamar por reparos. A quietude dos passageiros, o sono, a leitura de revistas são substituídos por agitação, apossar-se de mochilas e sacolas, preparativos para o desembarque. Fim da viagem. Não para Fábio.

O ônibus para na rodoviária. Misturam-se aos que aguardam os viajantes os meninos vendedores de doces; aos calejados que mostram solidez e calma, os rostos atentos dos ansiosos; à postura indolente dos motoristas de táxi na espreita de serviço, os abraços emotivos ou saudações dos que desembarcam, logo dissipados pelo ato de carregar malas, pertences, embalagens de todos os gostos e tipos. O ambiente é sujo, empoeirado, quase sórdido.

Aos poucos, o burburinho diminui, se desfaz. As pessoas se evaporam como que tragadas por uma magia, a rodoviária restabelece a letargia, a indefinível inércia que é mais consistente e impressionável que o rumor dos encontros e das despedidas — resposta à balbúrdia de antes, reação ao equilíbrio, à neutralidade, anestesia a emoções mais fortes. Uns poucos permanecem nas imediações, agora apenas os sutis olhares, a espera de algo ou alguém, a sensação de que tudo estancou. Na modorra da tarde Fábio está parado, a mochila depositada aos pés, os olhos a sondar aqui, ali, a vagar pela rua até entranhar-se nas profundezas de si mesmo — olhar característico dos viajantes desprotegidos. Ou talvez esteja aturdido pelo calor, esta aflição que penetra na alma e se derrama pelo cérebro, transformando cada efeito de pensar numa investigação caótica.

Fábio espera por mais de trinta minutos, porém ninguém virá a ele.

Na rodoviária quase deserta, Fábio põe-se em ação: um táxi na esquina, o que sobrou desde a vinda do ônibus. Os demais haviam saído; alguns retornaram, mas, ao verem a estação esvaziada, foram-se de vez, sabem do horário do próximo ônibus e, portanto, nada a fazer por este lado. Fábio encaminha-se ao táxi. O motorista apruma-se, como que saboreando vencer a teimosia do viajante que relutava em solicitar seus serviços.

Fábio pergunta a ele se, por favor, conhece a fazenda Porteira Verde, e num tom meio irônico, acompanhado de um sorriso de mesmo molde, o taxista responde que sim, como todos aqui das redondezas. Fábio captura as primeiras peculiaridades do sotaque da região, a pronúncia forte, incisiva, quase áspera. Pergunta se é longe, a fazenda, e quanto vai custar a corrida. Entretanto, o taxista, num olhar intrigado, o rosto agora sério, ao invés de dar uma resposta clara faz uma interrogação de estranheza, com viés de certa rejeição, tu não vais querer ir até lá, vai? Fábio acha inusitado esse modo de se expressar do motorista, que parece insinuar que o pedido é tão raro quanto absurdo. Então, com inflexão de voz firme, diz que sim, vou, por que não? O homem revela agora sua posição, balanceia a cabeça em negativa, os lábios contraídos, não, não levo ninguém pra aquelas bandas. Algo rompe a ordem do previsto, impondo outra norma, repentina, desconcertante a Fábio. O taxista acrescenta que o homem que cuida da fazenda é meio maluco, ele dá tiro em todos os que se aproximam de lá.

A devastação agora está consumada, suficientemente palpável para que Fábio assuma um novo estado, de desagrado, decepção. Sim, sabia muito bem dos comportamentos bizarros do caseiro, o único homem que vive na fazenda, mas que fosse dar tiros, que atemorizasse pessoas e que já tivesse fama pela cidade, isso não estava nos planos. Ao menos poderia me levar o mais perto possível da fazenda? - sugere Fábio -, até onde fosse seguro para você. O taxista impõe um inapelável não, e explica que para ir lá se deve tomar uma estrada secundária, estreita, e o doido se acha dono até dessa picada, às vezes fica de tocaia numa curva. Esse argumento não convence Fábio, julga ser um mal-entendido, ou até má vontade do motorista, e surpreende-se que, a uma corrida que renderia bom dinheiro, ele opte por não ir. Seria virtude, honestidade, ou covardia e até mesmo desculpa para encobrir problemas mecânicos no carro? Fábio experimenta um desamparo, a imprevisibilidade da situação obrigando-o a reformular seus passos. Ambos não se mexem, olham-se apenas. Há um descompasso, como se uma espécie de lacuna os envolvesse, ou pairasse sobre eles uma carga elétrica a formar uma incipiente tensão.

— O caseiro ia me pegar aqui na rodoviária, e agora, como fico eu? — desabafa Fábio, ao que o taxista retruca: — Vocês combinaram isso? Desista! Esqueceu tudo ontem à noite, na bebida.

Fábio, como que raciocinando em voz audível, sentencia que a única alternativa é pegar outro táxi. Entretanto, o taxista avalia que talvez isso não seja tão fácil, pois duvida que alguém outro irá atender a esse pedido. Fábio como que implora então o que você me aconselha, vou a pé? O motorista passa a mão nos cabelos, pela testa, a expressão revela empenho em resolver o caso. Considera tudo muito difícil, logo mais começa a cair a tarde, e se Fábio empregasse uma caminhada, além do enorme cansaço, somente à noite chegaria lá. Fábio insiste, pelo menos chego. O taxista assenta que só até a porteira, dali não mais, vai ter que dormir ao relento. Fábio se detém na impossibilidade de uma saída. Está prestes a render-se à evidência de que terá que alojar-se num hotel, buscar outra solução amanhã. De súbito, o taxista tem uma alternativa:

— Ele vai quase todas as noites a um bar da cidade.

03

Fábio acomoda-se numa mesa do bar. Olha o relógio: quase seis da tarde. Está com fome. Pede uma cerveja e um sanduíche; a cerveja: de imediato à mesa; o sanduíche, que o preparo seja a gosto.

Fábio sorve a cerveja e examina o bar, que está vazio, limpo. A luz do sol alonga-se pelo piso, enreda-se pelas cadeiras e mesas, amplia-se até o balcão, apodera-se de balas e doces expostos, e essa luminosidade, a do entardecer, traz preguiça, desagradável impressão de deslocamento, de desarranjo, de tensa amenidade. Diante de si, na parede, um espelho. Lá, enxerga-se: um rosto taciturno, entristecido, o pescoço levemente inclinado para a frente, um encurvamento que denota cansaço, desânimo, ou algo mais profundo. Sim, um homem típico na fronteira dos trinta e cinco anos: a reflexão infiltrando-se no entusiasmo de jogar-se ao acaso da vida. Fábio retira o olhar do espelho, não tem disposição para promover um juízo de si mesmo.

O homem do bar traz o sanduíche. Fábio aproveita essa proximidade e pergunta se ele conhece o Américo, o caseiro da fazenda Porteira Verde. O atendente corrige: aquilo, como você bem mencionou, é uma fazenda, não sítio, por isso não é caseiro, é capataz. Fábio, um tanto incomodado, diz que pensava que Américo morava sozinho, mas se é um capataz então deve ter mais gente com ele, empregados. Não, isso não, contrapõe o homem do bar, mas que importa se é caseiro ou não, vamos à resposta: sim, conheço ele. Fábio pergunta se ele vem aqui à noite. Difícil faltar, resposta que alivia a sua apreensão, então complementa com um pedido, vou esperá-lo aqui, me avise quando ele chegar? Sim, como não, mas quando é improvável, pode vir daqui a poucos minutos ou às dez da noite, ou nem dar as caras.

Fábio amaldiçoa-se, enche mais um copo de cerveja. O homem do bar faz menção de afastar-se, mas, de repente, encara o novato e, desculpando-se pela indiscrição, diz que ficou curioso e, não poderia se esquivar diante disso, pergunta o que pretende com o Américo. Fábio inquieta-se, não gostaria de conversar sobre isso, mas como evitar a intromissão? A que apelar, se a presença do outro embaraça a sua capacidade de elaborar saídas a seu proveito? Dá-se conta: o homem do bar é o segundo a tomar conhecimento da sua existência. Irá fixar na memória o seu rosto, o de Fábio, o seu modo dúbio, sobretudo o seu interesse por Américo. Não era para começar assim. Mau agouro. O homem do bar, à espera da resposta, sorri e isso subtrai dele qualquer intenção duvidosa; ao contrário, contribui para fazê-lo ingênuo. Fábio suspira, pois sabe que não tem tempo, que é preciso dar um basta à questão, que pior que argumentos inconsistentes seria a mentira ou o calar-se, ambos insustentáveis. Responde que está nesse bar à espera do caseiro, ou melhor, do capataz, pois iriam se encontrar na rodoviária e algo impediu isso. O homem do bar abre os olhos. De espanto. E o sorriso é mais aberto agora, pergunta se Fábio é parente de Américo, ou amigo. Não, ambos não se conhecem, é apenas uma visita para tratar de umas pendências particulares, nada de especial, e aparentemente o capataz se esqueceu desse compromisso para com ele. Fábio repara a reação movediça do outro, o quanto isso o desconcerta, um misto de curiosidade satisfeita e desejo de explicação maior, pois exclama que é incrível isso, aquele rabugento não se relaciona com ninguém, é um ermitão que vem aqui e se consola em beber a noite toda sozinho, logo ele com visita, logo ele que não gosta de receber pessoas! Fábio entende que toda a sua estratégia está indo a pique. Deveria passar despercebido pela cidade, no entanto em apenas pouco mais de uma hora sua pessoa já causa excitação.

— Isso é motivo pra comemorar, quando a turma da noite vier!

Tudo está se arruinando, um desastre à vista. Um homem não pode elaborar planos, traçar uma linha, mirar um objetivo que não apareça sempre um intruso, demolidor de qualquer tática, desta vez na figura de um bonachão dono ou empregado de bar. Fábio compreende o quanto a sua presença é incomum, e isso não é bom. Desvia os olhos para a rua.

Fábio sabe: um homem que entra num bar, qualquer que seja sua raça, credo, idade ou condição econômica, ingressa num ambiente no qual, para ser acolhido, é inevitável adaptar-se a certas regras, a rituais desses estabelecimentos. Nas cidades pequenas essas relações têm apego forte, quase um culto; em cidades maiores não é objeto de falatório, ou de estranheza, se a pessoa optar pelo silêncio, pela falta de companhia na mesa ou obstinada recusa em conviver com os demais. Aqui, em oposto, qualifica-se como excêntrico, doente, alvo de zombaria e censura quem não se integrar às imposições do local. Seria essa a marca de Américo? Mas, ao mesmo tempo, Fábio amolda-se às leis do lugar, pois a conduta do capataz é agora relevante para ele; como os demais frequentadores, também se incomoda com a maneira de se conduzir desse homem. O bar está vazio, ensejo para confidências, aproximações e, sobretudo, premência muito forte, conversar com qualquer um sobre assunto qualquer. Tudo se redime nessa ocasião, pois desconfianças, negativa ou desinteresse se dissolvem diante de uma garrafa de cerveja.

Fábio agora é aguçado pela necessidade de se informar, o que sabe do Américo não concilia com o que acaba de ouvir. Pergunta ao homem do bar se, quando Américo vem aqui, não interage com os demais presentes? Poucas vezes, diz o homem, e sabe de que jeito? ofendendo, querendo briga, totalmente incapaz de puxar prosa numa boa. Fábio detém-se nesse aspecto peculiar do capataz, e comenta que o motorista do táxi se negou a fazer uma corrida até a fazenda, e agora toma conhecimento dessa particularidade descabida. É que aquele cara é todo esquisito, explica o homem do bar, pouco se sabe dele, não faz amizade com ninguém, se isola de todos, e tudo por causa daquela fazenda amaldiçoada...

Um homem é couraça ou mudez, mas depois de umas cervejas que não se exija dele continuidade igual. E após o desfazer-se, o que o substitui jamais será um só e previsível comportamento. Quando algo muda, muitas coisas viram pelo avesso. Fábio sabe: as histórias em bares sustentam-se em dimensões outras, não se pode desprezá-las. Como a que escuta agora: que o capataz não é fácil, tem por praxe ameaçar as pessoas, por mais inofensivas que sejam, nas circunstâncias mais imprevistas, e parte para agressão por desentendimentos fúteis, aqui no bar, logo aqui. O que faz Américo se irritar assim? Às vezes, por uma discussão de futebol numa mesa ao lado; de outras, um palpite sobre o clima — chove ou não amanhã? Qualquer opinião discordante ou risada, que ele deduz como deboche sobre si, é motivo para conflitos. Só não houve caso grave por intervenção dos demais. Fábio põe a mão em mais uma garrafa de cerveja e pensa: não sabia nada disso sobre o capataz, certamente terá mais trabalho que o previsto — isso não é bom.

Antes de se afastar da mesa de Fábio, o homem do

bar exclama:

— Sim senhor, o velho Américo se abrindo para o mundo! E ele dizia que até o fim da vida não queria nada com mais ninguém, a não ser com a dona Clarisse.

— Quem é ela?

— Oh, que o próprio Américo diga. É alguém especial para ele, a única com quem admite trocar umas palavras.

04

O bar recebe os primeiros fregueses. Gente simples, homens, maduros em idade a maioria; agrupam-se, cheios de assuntos, de risadas, de cerveja e cachaça; a eles o convívio com amigos, o bar inteiro é opção mais atraente do que o lar ou a praça do vilarejo.

O crepúsculo é lento, rubro, é verão e o calor torna o pôr do sol tão preguiçoso quanto a própria cidade. O dia esvai-se, quieto, tal qual a ausência de qualquer sussurro dos campos ao derredor, despedida que antecipa a vinda de uma noite abafada.

Fábio está impaciente. Ser objeto de comentários, os olhares dirigidos a ele, a fatal exposição, tudo isso começa a preocupá-lo. Sensação ruim, esta, a de ser percebido, apontado, de ter seus traços e tiques vistos em minúcias e, em decorrência, a constatação de que seu rosto, suas roupas, seus modos estão se impregnando na percepção das pessoas do bar, e daí fixando-se nos meandros da memória, e o que poderá advir disso. Julgamentos, análises, suposições. Depoimentos. Mas fazer o quê? Pagar a conta e ir embora? Esperar Américo fora do bar, oculto num canto escuro? E como saber que é ele a pessoa certa? Então, de novo, que providência tomar? O mais sensato, decidiu, é contar com a sorte, apostar que dê tudo certo; sim, alguma desfaçatez nisso, soberba até.

De súbito, e com alívio, vê Américo chegar. Em qualquer parte do mundo, um homem dado ao álcool portará um sinal inconfundível, qualquer e próprio que o denunciará, que o distinguirá dos demais. Por isso, a intuição: é ele.

O suposto capataz não cumprimenta ninguém, senta-se a uma mesa, num canto, e pede cerveja. Fábio olha para o homem do bar: que ratifique sua suspeita; sim, você acertou, é ele mesmo, confirma o outro, sorriso cúmplice. De posse da certeza, Fábio encara Américo, um olhar demorado nele. Deve ter mais de sessenta anos, cabelos esbranquiçados, ralos, barba por fazer, rosto pálido, fisionomia severa, quase má — toda a sua aparência é rude.

Fábio, garrafa de cerveja e copo na mão, põe-se de pé. Todos olham para ele, petrificados. Um emudecer instantâneo reprime o alvoroço do bar. Como se a população inteira fosse ao assombro. Como se os passos de Fábio rumo à mesa daquele que o bar todo evita confraternizar fossem contados, um a um, em uníssono, por espectadores asfixiados pela surpresa, pelo temor — ou seria por sarcasmo? Um calor sobe pelo rosto de Fábio, atinge-lhe as têmporas, circunda a testa e retém-se na garganta. Fabio engole em seco, prevê que sua voz sairá embargada, porém não há como fazer uma pausa para um tático recuo, ou retomada de respiração. Está parado em frente ao capataz, olhando-o ansioso, e tendo cada atitude sua estudada pelo bar inteiro.

— Perdão, é o senhor Américo, o da Porteira Verde?

O homem, que estava absorto, reage devagar à intromissão: levanta os olhos e não demonstra nada além de indiferença, sem palavra alguma. Fábio interpreta a reação dele como hostilidade; no homem diante de si, o domínio, a força, a suficiência. Por instantes, concebe-se amesquinhado, indeciso; respira fundo e apresenta-se:

— Meu nome é Fábio, o senhor ia me receber na rodoviária.

Aos poucos, as feições do capataz modificam-se: os olhos adquirem vivacidade, algumas linhas do rosto substituem outras e oferecem um novo feitio, a rigidez desfaz-se, a fortaleza desmantela-se. Como se viesse do mais fundo de si mesmo, um longínquo reconhecimento brota, um germinar que esboça um sorriso, um sinal amigável. Então ele confirma, sim, sou o Américo, me desculpe, me esqueci de apanhá-lo, e ao dizer isso o tom é baixo e dócil.

Apertam as mãos. Sorriem.

As pessoas do bar recompõem-se, reabilitam os semblantes triviais, as conversas recomeçam e os movimentos recuperam elasticidade.

Fábio assenta-se à mesa de Américo. Enche mais um copo de cerveja e, numa demonstração de gentileza, faz o mesmo no de Américo. Este o examina atentamente, como se tivesse dificuldade de compor um raciocínio e a articulação das palavras, como se procurasse compreensão de algo ou um pretexto pelo lapso da tarde, mas ofertando tranquilidade e nenhuma pressa por nada. Fábio não se importa pela aparente insensibilidade de Américo diante dos transtornos havidos, colhe a placidez do capataz e isso lhe basta.

— Então tu és o Fábio... — inicia Américo, sorrindo.

Fábio sorri em retribuição, e diz que ficaria na fazenda por apenas uns dias, para descansar, ao que Américo murmura, com visível descrédito, que é interessante isso. Vida de campo, reforça Fábio, vai me fazer bem, posso ajudar no que for preciso, e espero que não se incomode com a minha presença. Américo, com mostras de enfado e ceticismo, assegura que não se preocupe, é bem-vindo.

— O proprietário da fazenda, o senhor Rafael, deve ter-lhe explicado...

— O patrão... sim, ele me telefonou a seu respeito.

Após a fase inicial de sondagem, etapa de validação mútua, passam a conversar amenidades, mas não encontram um assunto em comum, há lapsos, paradas, calam-se mais do que desejável. Américo contrai-se, evidencia que não está à vontade diante de Fábio; a todo o momento, distrai-se, mostra-se inábil em reaver o diálogo. Fábio, de igual forma, não se sente bem ante o capataz, tem mesma dificuldade, e aborrece-o, sobretudo, os olhares dos demais, os presentes no bar, a ele. Clima para uma aproximação descontraída não há, pois, além de tudo, está num local público, o município inteiro por testemunha! A conjuntura não é favorável.

Fábio observa o capataz e adivinha: perturbado por ter um intruso à sua mesa, logo mais o homem vai dizer vamos embora, não posso ficar longe da fazenda. Ante esse prenúncio, decide adiantar o desenlace, pressionar; desabafa que está muito cansado: de manhã havia descido no aeroporto de Porto Alegre e, na rodoviária, embarcado no primeiro ônibus que saía; sem almoçar, às quatro da tarde punha os pés nesta cidade — desde então, estou aqui. Necessita de um chuveiro para aliviar o calor, dormir; que o perdoasse, não mais aguenta a fadiga.

Américo indica ter assimilado os argumentos. Apressa-se em terminar a cerveja e dá por encerrada a noite.

Ao se levantarem, todos do bar silenciam e examinam as feições e a maneira de agir de ambos.

Na saída, Fábio sente-se na obrigação de dar um aceno de despedida ao dono do bar. Embarcam num jipe velho, sujo.

No trajeto à fazenda, ambos emudecem. O sol já se

pôs, mas, como o entardecer é lento no verão nesse canto do país, os contornos do horizonte ainda estão visíveis, bloco maciço opondo-se aos vestígios do céu, este que logo se enfeitará de estrelas — tomara que haja lua cheia. A estrada tem muitas curvas, pedras soltas, poeira. A ondulação dos campos ressalta poucas árvores, um planalto aberto e infindável é o mundo que Fábio vem descobrindo desde o ônibus.

Fábio está como que apático. Mas não por amoldar-se ao silêncio que impõe o capataz, está retraído, pelo menos na fisionomia, porque carece de uma solução para essa viagem insólita, e está preocupado. Agora, pela primeira vez – talvez porque esse anoitecer num lugar diferente enseja o discernimento –, toma ciência da amplitude dos acontecimentos até então. Aquelas pessoas, no bar, que tiveram a atenção despertada para a sua presença na cidade, esse é o motivo de seus pensamentos. Não era este o curso dos fatos que havia concebido, algo está saindo do prenunciado, do controle, de um nível seguro.

Chegam à fazenda, param diante da porteira, a escuridão já é total. Cães — enormes, furiosos — vêm ao encontro dos faróis do jipe. Américo desce e dá um assobio: os cães aquietam-se. Depois de abrir a porteira, reassume o jipe e dá a partida; logo após ter ultrapassado a cerca, para. Não desça daí — adverte —, como se Fábio tivesse tal propósito. Américo fecha a cancela e partem. Os cães acompanham atrás, em alarido — farejaram os odores de um estranho. O ladrar dos animais e barulho do jipe são as únicas vibrações nas trevas. Américo está soturno e Fábio, por adaptação, imita-o. Rodam por quase dois quilômetros até os faróis iluminarem uma casa – ampla em dimensões, paredes brancas e janelas azuis, arquitetura antiga. Américo estaciona o veículo e desliga o motor, é quando os cães se proclamam vigilantes e perigosos: saltam para melhor enxergar Fábio — algazarra, distúrbio. Não se assuste — recado do capataz. Fábio cai em si: os bichos vivem soltos na fazenda. Américo pede que tirasse a camisa. Fábio titubeia, não entende o que se passa, e a solicitação é renovada, porém numa sisudez de quem dá uma ordem e quer ser obedecido; desconcertado, mas obediente, faz o que ele manda. Américo oferece a camisa aos cachorros, dá um assobio; eles aproximam-se, cheiram o tecido, circulam a peça, insistem na averiguação, as narinas sugam o que só eles conseguem decodificar e, aos poucos, os latidos diminuem. Por fim, os cães apartam-se do jipe, correm de um lado a outro. Agora desça, ordena Américo, num jeito meio abusado de exigir. Fábio protesta: está louco, esses diabos vão me destroçar. Desça, faz o que eu digo! Fábio abre a porta do jipe, estende uma perna para fora, o corpo treme, os olhos vigiam cada animal. Põe-se de pé, mas pronto para saltar de volta ao refúgio. O capataz posiciona-se ao seu lado, coloca o braço por sobre seu ombro, dá outro assobio e sorri, não tenha medo. Os cães acalmam-se, todos. E aproximam-se de Fábio, cercam-no, hesitantes ainda; cheiram suas pernas, a calça, os sapatos, e depois se afastam, a cauda sinalizando trégua. Tu vais te dar bem com eles, Américo o tranquiliza. As feras dispersam-se; logo, Fábio não mais escuta nenhum rumor deles. Tudo se aquieta. Entram na casa. Américo quase nada diz e Fábio apenas quer se recolher ao seu quarto. Como se os bichos, o capataz, a fazenda inteira aderisse por obrigação ao repouso da noite.

05

Fábio apreende a quietude, compacta, extensão da sua sonolência, enquanto nas retinas a claridade tosca lhe articula as primeiras percepções. Os olhos abrem-se devagar, traçando-lhe imagens turvas, depois mais consistentes, definidas por fim. Reconhece o quarto. Em penumbra. A luz do dia infiltra-se pelas venezianas da janela e faz ver um ambiente simples, quase rústico, mas bem cuidado, agradável. Fábio consulta o relógio sobre a cabeceira: oito horas e mais um pouco. Fica imóvel, tentando captar algum movimento na casa, porém há somente a inércia, paralisia indecifrável. Decide permanecer na cama até que algum fato novo aconteça. Depois de quarenta minutos, nada se pronunciando que pudesse romper esse entorpecimento, levanta-se.

Abre a porta do quarto. O corredor, o que dá acesso à sala, ao banheiro e aos demais aposentos está às escuras; a casa, fechada. Terá Américo saído, ou ainda está dormindo? Fábio fica atordoado: o que fazer? E junto à incerteza, uma vertigem: como tudo pode estar assim, nesse sossego, justo que no campo as pessoas se mexem cedo para a lida do dia? Vai ao banheiro: uma ducha de água gelada, revigorante. Por fim, transcorridos alguns minutos, acima do razoável na sua escala de paciência, não há mais como se esquivar: alguma atitude é necessária. E será esta: fazer café.

Na cozinha, abre a janela. O céu está azul e a fazenda exibe-se inteira, verde, o campo vazio, algumas árvores solitárias, a natureza intacta.

Os cães. Como se estivessem espiando a casa de longe, como se a mantivessem sob vigília, os cachorros vêm de todos os lados, mais de dez. Em direção a Fábio. Arrojam-se à janela para alcançar o interior da residência, os dentes expõem determinação de estraçalhar o intruso. Fábio abaixa os vidros e sai de perto. É quando um estrépito irrompe na cozinha.

Américo surge em passos rápidos, olhar raivoso, espingarda na mão, uma cadeira é derrubada.

— Que bagunça é essa por aqui?!

Aos xingamentos, deposita a espingarda perto do fogão e vai à janela. Como por encanto, os animais param de latir. Américo acena para que Fábio se aproxime da janela. Ele obedece. Em frente aos cães, mais uma vez o capataz pousa as mãos sobre o ombro de Fábio. Os cachorros readquirem uma estupenda calmaria. Eu aconselhei ontem: tu tens que estar comigo pra que esses bichos não te arrebentem todo! Fábio exclama não vou poder andar livremente?! Ao que Américo ri: aqui tu tens que acatar certas normas. Fábio se revolta ao ouvir esse disparate, regras numa fazenda, em meio à natureza? Américo dá de ombros, se quiser sobreviver...

Indiferente à surpresa de Fábio, Américo faz o café. A seguir, encarrega-se de servir a mesa — pão velho, salame, queijo; escusa-se: esqueci que viria alguém, fico devendo as mordomias, mas depois vou ao mercado e trago alguns troços, cervejas principalmente. A conversa é curta, quase seca, interrompida por intervalos de silêncio, às vezes penosos a ambos; fluiria ao natural, pelo menos por parte de Fábio, não deixasse Américo a porta aberta.

Os cães, um a um, vão entrando na cozinha, cheiram aqui e ali, distribuem-se sem constrangimento pela casa, olhares mansos que furtivamente inspecionam Fábio; por isso, é ele quem está pouco confortável, cheio de temores.

Américo, em contradição, comporta-se como se isto fosse normal: há pouco as feras quase arrebentavam o hóspede, agora roçam suas pernas. Ao mover-se dos bichos por debaixo da mesa, Fábio estremece, lembra daqueles filmes de aventura submarina: o ritual de tubarões organizando um ataque.

— Tu vieste aqui pra descansar? Será mesmo? — Américo, num tom de troça.

— É, estou precisando.

— Típico de gente de cidade grande, gente de estudos e por isso a cabeça se enche de porcarias, mas depois de uma semana enchem o saco, vão embora falando mal daqui, do interior, da vida rural, dos costumes campeiros.

Fábio emudece, novamente o desconsolo: o motorista de táxi, as pessoas do bar, e agora o capataz, todos dotados de solidez, de capacidade de modelar situações, de manejá-las à sua conveniência; não, a manipulação das circunstâncias não está consigo. O que não sei é que assuntos nós vamos nos ocupar pra preencher o dia — o capataz, irônico —, pois sou um tipo grosso, o papo pra mim é curto. Fábio crava o mesmo modelo, não se apoquente, também não estou a fim. Américo, com rispidez, diz que isso é bom, vai dar pra dormir à tarde.

Terminado o café, Américo convida Fábio para conhecer a fazenda, a pé. Dão voltas pelo campo até um pequeno lago; os cachorros, à distância. Numa área plana, uma pequena horta. Alface, cebola, tomate, milho — somente para o sustento da residência. O resto da fazenda delineia-se imune ao arado, desprovido de qualquer trabalho, à disposição de duas vacas que, impassíveis ao visitante, pastam ao longe. Delas eu retiro o leite, explica

Américo, me afeiçoei tanto das bichinhas que nunca vou fazer churrasco delas.

Um detalhe chama a atenção de Fábio: o capataz se expressa bem, o seu vocabulário, o seu raciocínio são bem consistentes, ele tem educação. Não, não é um bronco como pensou que encontraria aqui, nesse interior remoto. Essa peculiaridade é inesperada, pode ser algo favorável a ele, Fábio, pois tem diante de si uma pessoa com quem se pode conversar; entretanto, a última coisa que veio fazer aqui é justamente conversar.

Fábio contempla a paisagem, retém o olhar numa faixa de solo nu. Isso é percebido pelo capataz: sim, tu estás certo, por aqui nós viemos ontem. Fábio sobressalta-se, preocupado por ter-se permitido distrair-se de Américo, tentando antever o significado das suas palavras quando diz é longe da casa, o portão de saída. É — concorda Fábio —, a casa é bem recuada da divisa.

— Imagine sair daqui a pé, com esses lobos no encalço – ri o capataz, apontando os cães.

Fábio não gosta do rumo dessa ironia, é preciso contornar o que seria uma afronta de Américo, então diz que a posição da residência não tem grande importância, tampouco a suposta ferocidade dos cães, tudo é muito relativo, pois quem vai querer sair daqui, desse lugar tão atraente? Ao que Américo retruca tu, meu caro, exatamente tu!

Como determinados animais que pressentem a formação de tempestades, uma inquietação infla-se em Fábio; procura um apoio, uma alça para se firmar. Pois um dia, amanhã ou mais tarde, tu vais rezar pra ir embora... — diz Américo, e depois cala-se, em suspenso tudo. Fábio suspira, agradecido por ter a discussão se encerrado.

Américo conduz Fábio pelas demais áreas. Numa parte mais alta, vislumbram o panorama da região. Outras fazendas. Lá, extensas plantações, lavouras, máquinas agrícolas, gado nas pastagens. Só aqui nada se produz, não? Fábio comenta, numa entoação conclusiva, e Américo concorda, o patrão não tem interesse... e eu cuido sozinho de todo esse mundão... Fábio arrisca: e estando sozinho, você nunca se sentiu inseguro? Américo sorri, e exibe sarcasmo nas feições, um quê de superioridade: você quer dizer... ameaçado?

Ao meio-dia, exaustos pela jornada, regressam a casa. Américo prepara o almoço. Põe uma cerveja à mesa, gelada, e afirma que aqui, no verão, com a danação desse calor a gente se salva é com cerveja; no resto do ano, vinho — no inverno, tinto; o uísque é pros riquinhos da cidade, não? Serve o almoço: arroz, feijão e carne, uma salada de tomate com falta de temperos. Alguns cães entram na cozinha.

Fábio come, nenhum ânimo. O capataz introduz um comentário: ou tu estás desempregado, ou cheio de dívidas, ou se separou da mulher, qual é mesmo a desculpa pra vir aqui? Fábio finge que nada ouviu. É engraçado como vocês se abatem por coisinha qualquer. Fábio nada diz. Porque tu és um cara moço pra vir a esse fim de mundo, é numa praia que deveria estar, não aqui. Fábio olha para Américo, um longo olhar, o escárnio agora consigo. E escuta outras palavras dele, zombeteiras, por vezes maldosas na boca cheia de gordura, os fiapos de carne em meio aos dentes. Intimamente sorri disso, pois é assim que o capataz deve estar, distraído, relaxado, levemente bêbado, e logo mais, presume-se, irá folgar, sim, deitar-se e dormir a tarde inteira...

— Quem sabe tu falas um pouco do teu caso? —

sugere Américo, sério. A proposta é incisiva, suficiente para sacar Fábio da abstração: não tenho nada para dizer.

— Então vou encher teu cu de cerveja pra contar muito bem a tua história, ela me faz cócegas. Sim, vou te fazer abrir a boca, pois nesta terra há uma lei: quero-quero que não alvoroça é carniça pra urubu no outro dia.

O silêncio cai sobre a mesa e os cachorros tratam de sumir. Américo continua a mastigar, um pedaço de costela na mão esquerda e garrafa de cerveja na outra, olha com fixação para Fábio, que retruca: você não é de muito papo, e agora essas tolices sem graça nenhuma. O capataz vai à geladeira, traz outra cerveja, entrega a garrafa para Fábio, leitinho pro nenê... Fábio ignora a provocação e sorri, apenas isso, embora o olhar, o seu, sentencia alardeia, amigo, é assim que você deve fazer, pois eu também digo: nem todo buraco se presta pro nariz de tamanduá. Eu vou discutir uma questão que me põe a barba no molho, sim — resmunga Américo —, e vou olhar bem pra tua cara, ver até onde e como é capaz de inventar historinhas. Fábio mostra um quê de enfado, ah, se você parte desse princípio... mas lhe asseguro, vim aqui para descansar. Américo agora irrita-se de fato, sobe o tom, transmuda-se numa criatura quase que implacável, não me venha com essa, o motivo é bem outro, e digo mais, deveria ter feito, ontem à noite, o que veio fazer, porque agora vai ser difícil alguma ação. Não sei a que está se referindo, se esquiva Fábio, mas sem demonstrar receio do timbre ameaçador do capataz, e escuta ele rematar mas eu sei... e digo isto: tu deverias ter tentado, teve tempo e condições no caminho pra cá, porque sempre é melhor arriscar, ao menos isso, do que ficar na bobeira de cachorro que não come nem enterra o osso.

— Sim, deveria ter agido logo! E agora é tarde, pois aqui reside uma maldição: quem entra nesta fazenda não sai mais igual, sim, meu prezado hóspede, aqui há coisas que...

06

Enquanto Américo vai fazer o sono da tarde, Fábio anda de um lado a outro — pela sala, pelo quarto. Deve dormir muito bem, o capataz, pois até esqueceu a espingarda na cozinha, sequer trancou a porta do quarto; singela precaução: expulsou os cães para fora. Deitados à sombra das árvores, os cachorros espreitam Fábio, rosnam quando ele aparece na janela. Nem que fosse exímio atirador, não conseguiria matar todos aqueles bichos; antes disso, teria dado fim à munição. Que fazer com os remanescentes? Como escapar deles? Sim, como se afastar dessa casa? Nem ao menos um passeio a pé pela fazenda, nada senão esperar que Américo acorde. Disso não sabia, quando se dispôs a vir para cá. Pois devia ser avisado: a geografia é assim, o pessoal é assim, o caseiro é de tal jeito, uma lembrança que fosse — ah, têm uns cachorros meio selvagens por lá, tome cuidado! Lapso, inabilidade, ignorância, tudo é admissível, provável, mas e as consequências? Como remediar, culpar, passar por cima disso, se o fato aí está: não lhe é autorizado sair da casa – é possível tamanho absurdo? O que sobra, então, olhar a paisagem, apenas isso?

Ao entardecer, a inexistência de sons e a imobilidade da fazenda seriam definitivas, não fosse o despertar de Américo. Ele tosse, arrota, peida, faz todos os estrondos a que tem direito. Vai ao banheiro, puxa a descarga três vezes, volta sorridente, disposto, ô, mas que belo pôr de sol! Fábio encara-o, um misto de alegria e raiva.

— É a parte do dia que mais gosto no verão, espetáculo diferente a cada vez, um mais bacana que o outro. No inverno prefiro o amanhecer, o verde do campo é tão suave como um cálice de vinho branco, e quando tem geada é pra lá de bonito.

— Deu para ser poeta, é?

— Tenho essas recaídas depois que alguns pensamentos cruzam por mim; por exemplo, que nunca mais tornaria a ver isso. Pois quando fui dormir, algo me dizia: cuidado, seu estúpido, talvez tu não acordes mais.

Fábio, para si mesmo: você está correto, velho imbecil, o seu pressentimento está certo...

— Mas desconfio que a oportunidade de rever essa maravilha seja graças aos meus cachorros...

Sim, os malditos que você espalhou por aí, ao redor, para me reter dentro dessas quatro paredes, como um doente; por causa deles, estou aqui, puto da vida, discorrendo sobre uma idiotice, a poesia do entardecer!

— São bonzinhos, não, os meus lobinhos? São treinados, sabia? O que mais prezo é treinar os bichinhos, ensinar pra eles uns truques. Um exemplo: saiba que, por mais fome que tenham, não aceitam comida de outros, só de mim.

E observa a reação de Fábio, sorri, sim, são capazes de estraçalhar quem lhes der comida, assim jamais alguém irá envená-los. Fábio intui a armadilha do balizamento, esforça-se para margear o atalho designado por Américo, e lança uma indagação zombeteira: quando você morrer, os bichos também se vão... de fome? Américo ri: ou quem sabe de tiros, não? Como assim, de tiros? Ora, de quem quiser invadir a fazenda, se bem que tenho certeza de que seria o inverso: de quem precisaria sair daqui... Com maior prazer, Fábio reflete, eu mataria esses diabos, um tiro para cada um, para fazê-los sangrar, morrer aos poucos, em agonia, uivando de pavor.

— Eu tenho muita afeição por cachorros, me liguei neles desde quando o pai do senhor Rafael, o doutor Genésio, vivia aqui. Como vai ele?

— Quem?

— O filho. O pai, doutor Genésio, já deve ter falecido, nunca mais tive notícias dele.

Fábio diz que não tem ligação pessoal com o senhor Rafael, a benevolência que lhe possibilitou vir à fazenda foi graças à intervenção de um amigo; pouco sabe do proprietário, praticamente nada exceto o nome; que, sim, é algo fora do comum essa permissão concedida a um estranho para aqui se hospedar, mas o amigo, ele facilitou... qualquer dúvida é só telefonar para o seu patrão.

— Nada de embromação! — grita Américo. — O esquema está todo redondo, não é? Tu não conheces o patrão, ele também não a ti, tudo ajeitado pra ninguém se comprometer, não?

Como é que ninguém lhe disse, antes de empreender essa viagem até aqui, que o caseiro é muito inteligente, não um caipira qualquer? Pois agora aí está: o entardecer é morno, perdura o calor do dia, insetos e cães por todos os lados, e Américo discursa, e muito, mas sempre com o objetivo de sondar, de investigar o intrometido. Mesmo quando para de fazer perguntas, mesmo assim sobressai uma outra acepção, oculta, enigmática nas suas intenções.

Fabio se exaspera consigo mesmo, devia sacudir-se, reerguer-se, contudo essa sua passividade! Tão diferente de Américo que, este sim, mostra-se firme, inteiro, e por isso capaz de reagir. Sim, admite, não sem desânimo, que Américo demonstra noção das coisas, um homem do campo que não é tão bobo assim, que tem condições de indignar-se ao que lhe incomoda. Como quanto diz: pois em outras épocas plantava-se aqui, havia gado, máquinas, uma fazenda bacana, não esse abandono de agora, mas um dia, no inverno, um vento gelado que beliscava até os ossos, uns homens desconhecidos vieram pra conversar com patrão, o doutor Genésio, fizeram uma reunião de horas, e aí começou toda a virada. E conclui, enfático: e tu, anos depois, entra em cena!

Essa agressividade não importuna Fábio. Ao contrário, quase que o faz próximo do capataz; arrisca-se até: simpatia por ele. Daí esta sua calma, propensão para escutar Américo. Mas ele nada dirá, nada que seja decifrável. De relevante, apenas isto:

— Quem não faz o que deveria ter feito, agora vai ter que aguentar. Se eu vier a falar sobre o que acontece aqui na fazenda, vem o arrependimento por não ter agido a tempo.

07

Quando se acorda no outro dia, Fábio está com um peso no estômago, um mal-estar. São mais de nove da manhã e a inexistência de qualquer barulho se esparrama por toda a casa. Continuaria na cama, não fosse o calor a se impregnar pelas paredes, pelos móveis, pelos lençóis e assolar seu corpo. Atordoado por um dia sem nenhuma perspectiva, levanta-se. Ao sair para o corredor, depara-se com todas as janelas abertas, a porta do quarto de Américo também. Tudo às claras, mas silencioso. Apatia inadequada e incabível. Ainda mais quando descobre sobre a mesa da cozinha um bilhete, caligrafia bem torneada:

"Fui à cidade comprar cerveja e comida.

Todos os cachorros estão na porteira até a minha volta.

Não se afaste muito da casa, senão vai precisar correr."

Fábio sente um alívio. E irritação: tudo isso é uma loucura, esse lugar é pra doido, vou acabar maluco. Sem banho, sem café da manhã, necessitado de uma caminhada ao ar livre, transpõe a porta. Os pés sobre a grama, o sol por inteiro no seu corpo, a aragem do campo — sensação de liberdade pela primeira vez. Olha para a casa com nojo, como se dela fluísse algo nauseabundo. Vagueia de um lado a outro, ágil, mas desorientado. E com raiva de si mesmo. Porque está confuso, debilitado.

Qual o sentido de estar aí? Por que deu vazão a tanto

desvio? O homem, qualquer homem que ostente masculinidade, para arvorar-se o senhor do mundo e da vida necessita marcar um objetivo, alcançável e determinado, e para isso deve construir sua própria estrutura e nela amparar-se com segurança; o resto é simples: ser coerente consigo mesmo e manter-se na rota. Mas não, ele não. Está confinado, está num atoleiro, ressequido na sua essência. Nada mais lhe resta do que atentar para algum indício de aproximação dos cães. Como um atrofiado, restringe-se próximo a casa, vacila ante a calmaria, a falta de movimentação ao redor. E o calor está cada vez mais forte, um dia opressivo este, gosmento. Mesmo a ausência dos cães não elimina os seus fluídos.

Alucinação.

Pois não seria miragem aquele cavalo marrom-avermelhado, imóvel, lúgubre como uma estátua, vindo não se sabe de onde, a cinquenta metros de si, de olhar fixo nele, Fábio? Mais coerente a um touro aquela postura, não a um cavalo, este que somente sabe manifestar obediência ou, quando acossado, fúria, e poucas variantes em torno disso. Inimaginável se não estivesse na sua presença. De corpo vivo, magnífico. Cujo olhar revela desafio, tudo que é provocativo e ameaçador, e parece insinuar algo, um aviso, alguma acusação. Um espécime selvagem, um desgarrado dos pampas talvez. Que se preservou no tempo, sobrevivente e relíquia de uma era de campos abertos. E, sendo assim, o seu olhar seria tão estupefato quanto o dele, Fábio. Ambos, seres incompatíveis um para o outro. Gerados e moldados em regiões tão distantes entre si que tudo que os iguala — e só — é uma mesma estranheza, mesma surpresa, incapacidade de compreender, aceitar e aprovar um ao outro, e conviver com essa distinção. Afora isso, o cavalo na sua pose majestosa e Fábio, agora trêmulo, quer cair fora, distanciar-se, abrigar-se na casa, reduto de resguardo e trégua. Talvez porque a campina à vista acolhe melhor quem naturalmente vive nela; a Fábio, ilude e enfraquece.

Delírio, talvez seja isso, a fazenda, o silêncio, os cães. Desatino, quem sabe, o velho Américo. Insanidade, a sua, vir até aqui e, pior, permanecer nessa inatividade até agora, quando tudo sinalizava uma só orientação, regresso providencial, tático. O panorama enganoso, a tranquilidade que é só aparente, quadro falso que se desfaz como uma pintura exposta à chuva: a harmonia de retas, curvas, planos e cores se liquefazendo numa massa desprovida de consistência, substância sem qualificação. Tudo isso o conduz à debilidade.

É assim que Fábio está. Emaranhado sob aquela visão próxima, inverossímil, contido no inaceitável, espremido no inexprimível, o cavalo. Pois é uma figura que destoa de qualquer categoria, enunciação, hierarquia, que não pretende classificar-se, que repele ser extensão ou cópia de modelos observáveis. Um teorema sem solução aparente, eis tudo; um enigma a se transgredir. Um cavalo que — estranhamente, sem motivo inteligível —, assusta, arrepia, e que por isso contrasta com o dia tão luminoso, comparecimento que substitui a velada ameaça dos cães, e que emite um eflúvio sombrio e portentoso, as crinas tremulando na brisa. Brisa de verão. Que propicia miragens. Que transtorna e anestesia. E que dá medo. Medo. Pois, quando as convicções se desagregam, o que sobra senão o recuo, a necessidade de proteção? Mesmo diante de um cavalo. Porque de tudo que aconteceu até agora a Fábio, desde a sua vinda à fazenda, é este animal o que lhe traz calafrios, o que lhe faz suar, acelera seu coração. Nem os cães, tampouco o capataz fez tanto clamor. Incompreensível isso. Como se um arcabouço inteiro se desfiasse num mover-se quase imperceptível, contínuo, corrente e cuja conclusão é previsível: o colapso. Estaria exagerando na sua comoção? Seria desproporcional o seu alarme? Desmedido ou não, excessivo ou harmonizado o seu entrever, a verdade é que o cavalo parece opor-se à sua petulância de estar nessas terras e, sobretudo, testar o destemor desse atrevido que veio para macular o pasto que lhe pertence, e então se sente acuado. Decide retornar a casa. Em passos vagarosos, percorre os metros que o levam ao sossego, ao refúgio. Antes de se enfiar porta adentro, vira-se para trás. O animal desapareceu. Evaporou-se como um sonho.

Fábio é tomado por uma inquietude, uma espécie de lacuna e impotência de quem se embrenha num pesadelo.

O que significa isso, estou endoidecendo?

08

É final da tarde quando Fábio, após um dia inteiro só, escuta ao longe o ladrar dos cães, acompanhado do ronco do jipe. Não demora e Américo desponta, dirigindo em ziguezague, dando buzinadas. Estaciona o veículo — entulhado de embalagens de cerveja e pacotes de supermercado — e, ao descarregar os volumes, dá risadas como se fosse para si mesmo, para os cães ou simplesmente por nada, pois nem pôs o olhar em Fábio, à janela.

Fábio deduz que o capataz deve ter se embriagado no bar, e possivelmente se esquecido dele, e quando irromper porta adentro os cachorros virão junto. Isso pode resultar em algo desagradável, por precaução vai ao seu quarto.

Américo e os bichos entram na casa. Fábio escuta o capataz entre a cozinha e a dependência de mantimentos. Não tarda, um dos cães vem farejar na porta do quarto, passa a latir, o cômodo inteiro se preenche de latidos, arranhar de garras, estalar de paredes. Súbito, acima de todo o tumulto: ô, infeliz, tu estás aí! Américo faz os cachorros se acalmarem, leva-os para fora, dá garantias para Fábio sair. E dá uma risada debochada, pensei que tu já foste embora daqui.

Américo bebeu; portanto, deve se precaver em relação a ele; porque, tendo feito isso, descontraído está, sem qualquer freio, mas pode se alterar, tornar-se rude, inconveniente — sempre uma incógnita. Isso põe Fábio amesquinhado e, como se ruísse toda a sua autonomia, é conduzido até a varanda, onde Américo, após colocar todos os mantimentos na despensa, senta-se e ordena para que pegue uma cadeira. Eu trouxe umas cervejas! É pra te ouvir melhor! Pois tu tens que falar de ti, sobre o teu caso. Fábio opõe-se, pois se tivesse algo a dizer, meu velho, é assunto particular, só a mim interessa. Tem, sim, só que até agora ficou mudinho. Fábio tenta esquivar-se: e você, será que tem alguma história? que seja boa, é claro. Américo como que explode de irritação: porra, se tenho, e a minha é cabeluda, chumbo grosso, não é pra qualquer um! Oportunidade a Fábio para se firmar, coagir Américo, desterrá-lo do seu esconderijo, obrigá-lo a recuar: — Então comece você. Américo diz que não, não irá revelar coisa nenhuma sobre si, sobre a fazenda, vou te poupar dessa chatice. Fábio insiste: burrice sua, afinal tem um cara aqui, eu, resolvido a escutá-lo, não acha que vale a pena desembuchar o que certamente lhe incomoda? O capataz contrapõe: tu não estás preparado pra isso, e mesmo porque não vais acreditar em nada. Estou pronto, sim — posiciona-se Fábio —, até faço questão. Nada obtém. Novamente, a impressão de que Américo, pondo-se num plano superior, comanda as ações. E agora, quando o sol se deita no horizonte e os mosquitos vêm para molestar, a embriaguez se adensa no capataz, que abre outra garrafa e oferece a Fábio: beba, meu caro hóspede, pra aguentar este velho bêbado, não é assim que o doutor Rafael se refere a mim, um bêbado?

Fábio, para mudar de assunto, ressalta aquilo que o excitou anteriormente: o cavalo.

— Tu viste isso? — surpreende-se o capataz.

— Vi, muito perto de mim... de onde veio ele? Um belíssimo exemplar... é seu?

Américo ri.

— Eu não disse? se tu ficasses aqui, ia acabar enxergando seres do outro mundo?! E conclui: é a tua estreia neste lugar, tu já estás sendo absorvido pelos redemoinhos, os mesmos que me engoliram.

09

Enquanto o anoitecer se abate sobre a fazenda, enquanto beliscam alguns petiscos e bebem cerveja, Américo, num misto de gracejo e um quê de prostração, lamenta que há muito vive só e não é fácil agora compartilhar a casa com um estranho, adicionar uma pessoa à sua rotina, incluir alguém em seus hábitos. Se fosse mulher, vá lá, mas um barbado como tu! Porque esse forasteiro de merda é um imprestável que, mal chegou e já sou capaz de adivinhar como vai se comportar: sentar-se na varanda e olhar o horizonte ao invés de se animar e criar um clima melhor para quem, paciente e resignado, o acolhe na sua residência, enfim... ao menos fosse uma companhia agradável, pelo menos soubesse umas piadas e sacanagens, mas não, um tronco murcho! Fábio opõe-se e alfineta um ah, devo ficar todo alegre, vibrante, só para você me aprovar! Américo estufa-se de autoridade, porém num jeito meio combalido diz ô moço, eu enchi a cara de cerveja à tarde, lá na cidade, no bar, e continuo aqui, pois veja que estou ficando meio zonzo, e quando a gente está assim vira um tolo, e um palerma está sujeito a tudo, é facilmente enganado, ou algo pior. Fábio não tem mais do que concordar com a sapiência do infeliz, e afirma, com boa dose de razoabilidade, que quanto a isso não tenha dúvidas, você vai ao chão. Américo dá um diagnóstico de si mesmo, e da situação como um todo, pois ele assevera que cair eu não caio, sou rijo o suficiente pra evitar tal vexame, o que pode, sim, é que eu, quando estiver meio atordoado ou já dormindo, venha a me dar mal por alguém que esteja mais inteiro do que eu. Fábio, novamente, põe-se de acordo com o velho miserável, e ressalta que, sim, o que você disse é uma possibilidade com alto grau de exatidão, principalmente quando houver um visitante no seu domicílio.

— Por isso, antes de algum infortúnio, e numa prova de que sou, sim, esperto, vou falar algumas coisas sobre essa fazenda — arremata Américo. — Porque, depois que o turista, o hóspede, o diabo que seja ficar ciente de certas coisas deste lugar — mas apenas um pedacinho, oquei? um pouco só, não tudo —, não vai fazer nada de mal comigo. Simplesmente porque vai querer o resto da história, e o complemento será em outro dia.

— Que bosta é essa?

— É a minha fórmula de te trancar, meu caro, eu dou a partida, viajamos um pouco, travo o que tenho a dizer, e tu, curioso pra saber o resto, refreias o que tem a fazer.

Um bom senso um tanto quanto peculiar, o desse beberrão.

E Américo, com alguma contrariedade, muitas tosses, certo decoro, uma severidade inesperada, sobretudo com acento característico dos ébrios e, portanto, a se pôr em ressalva o que dele vier, começa a falar.

Sim, anteriormente a esse vazio nos campos, desse nada fazer que sucumbe com qualquer energia — quando nada mais resta senão olhar as nuvens, as formigas, os pássaros e escutar o uivo dos cães em noites enfeitiçadas —, muitos anos atrás os dias eram bem melhores, havia gente e trabalho aqui — tão diferente de hoje. Plantava-se trigo e não o que se vê agora, esse capim vagabundo; vacas, bois e cavalos e não o desleixo da pastagem; a terra, gorda, revolvida, macia, não as rachaduras do solo.

Ele, Américo, era um simples empregado da fazenda. Tinha acesso ao proprietário, doutor Genésio, por um longínquo parentesco com a família dele, todavia essa relação era mais por ofertar confiança ao patrão do que por outra justificativa. Não, não era fácil as pessoas se aproximarem do doutor Genésio, poucos ganhavam esse privilégio; ele mantinha distância de todos, uma reserva que o fazia inacessível — por essa razão, mais tarde, ninguém o compreenderia quando fez o que fez —, embora gostasse de acompanhar os agricultores nas plantações, nas colheitas, e os peões na lida do gado. Não cultivava o papel e a deferência de autoridade, porém sabia impor obediência, respeito. O apenso de "doutor" ao seu nome só foi acrescentado anos depois, quando já tinha partido da região; as pessoas das vizinhanças o enalteciam, faziam tal designação — a de "doutor" —, e isso se tornou uma legenda. Senhor austero, de sólido caráter, enquadrado no espírito da comunidade, ele pouco se distraía de seus deveres de fazendeiro, o mundo não ia além das cercanias da nossa região, daí para fora nada lhe interessava — assim se supunha.

Sim, as reminiscências trazem momentos bons. Porém, sempre há de haver um rompimento...

10

Américo levanta-se e vai buscar outra cerveja. Desculpa-se, sem combustível não consigo falar dessas imundícies que aconteceram naquela época, é muito doloroso, não só para mim como para todos nós, os que trabalhavam aqui.

Américo tem alguma dificuldade para recomeçar, cabeça baixa e olhar fixo sobre o copo de cerveja, parece refletir o que tem a dizer, ou procura palavras certas, ou a sequência lógica do que tem a expor. Após permanecer calado por instantes, respira fundo, levanta o olhar e, de modo lento, agora todo dedicado e gentil, continua...

O rasgo, repentino, corte brusco, se fez numa manhã de inverno.

Homens, uns quatro ou cinco no máximo, nunca vistos nas imediações, apareceram na fazenda para uma reunião com o proprietário. Não se tratava de visita acalentada e sequer por motivos alentadores, doutor Genésio recepcionou-os a contragosto. Ninguém previu o que estava por acontecer, ninguém nada vislumbrou, nenhuma preocupação que incomodasse um só que fosse, tampouco associação com o a seguir, torvelinho que iria apanhar a todos nós. Se fosse dado o dom de adivinhação a alguém, com certeza os intrusos seriam expulsos antes mesmo de terem ultrapassado a porteira.

Ele, Américo, só anos depois entenderia melhor o episódio, após relembrar detalhes do passado e refletir até a exaustão sobre o caso. Pois cada atitude ou palavra do doutor Genésio, apurada pela memória, permitia desencadear raciocínios diversos entre si, desfechos opostos. Um enigma, o que fez o patrão, e por quê.

Castigo... talvez receasse algum castigo. Pois sofreria alguma represália de alguém, se tivesse se negado a atender aqueles homens? Ou haveria algo mais, um pretexto inexpugnável? Como, por exemplo, alguma coisa que o comprometesse, que poderia sujeitá-lo a algum gênero de chantagem? Pois não seria isso o que os homens fizeram com ele? Sim, como atinar: doutor Genésio, que tanto gostava da fazenda, subitamente tomou uma decisão que, aos que vivenciaram aqueles dias, tenebrosos e inesquecíveis, seria atribuída à loucura, à pura insanidade do patrão. Isso depois que os indivíduos inspecionaram a sua propriedade, na extensão inteira. Examinaram aqui, ali, detiveram-se lá e acolá, só eles e doutor Genésio, distante de todos, tão afastados que foi impossível captar qualquer fragmento da conversa, mesmo porque a peonada, alheia a tudo, nem imaginava que pudesse haver algo a temer.

Uns poucos — e ele, Américo, foi um dos — testemunharam que doutor Genésio andava tenso naqueles dias, e por várias vezes saiu da fazenda e viajou por aí. Voltava abatido, calado; algo o perturbava, e seriamente. Quando, por fim, os peões viram o patrão outra vez junto com aqueles homens, e quando eles se apertaram as mãos como quem acerta um negócio, todos se viram estranhamente intranquilos. Foi a primeira manifestação de verdadeira curiosidade sobre o que se tramava. Mas já era tarde.

Dias depois, no intervalo para o almoço dos empregados, doutor Genésio notificou-lhes, seca, breve, impiedosamente: a fazenda seria desativada, nada mais se plantaria, o gado, para o abate; exigia-se, porém, o término de alguns serviços, no máximo três semanas. Depois, todos seriam dispensados; mas bem pagos — não, não queria deixar ninguém mal.

Essa notícia, para a qual ninguém estava preparado, desatou um só estupor: faces arrasadas, olhos lacrimejantes, braços pendidos, pernas que se arrastavam por uma fadiga jamais experimentada. Muitos anos depois, as pessoas ainda comentavam entre si que doutor Genésio se submetia a conduta semelhante. Parecia até que todos na fazenda foram derrubados por uma mesma peste, atacados por um vírus que obscurecia o juízo, obstruía a manhã seguinte, reduzia a destroços qualquer projeto de vida, impunha uma nova e temerária ordem. Perplexos, aturdidos, a peonada se interrogava inutilmente pela origem de tamanho desvario. Não singrou por ninguém qualquer associação com aqueles desconhecidos, atribuíram tudo à insensatez, ao capricho do doutor Genésio.

A todos, ele ofereceu uma mesma evasiva, ausência de uma lógica conclusiva e reparadora. Como se estivesse delirando, como se uma febre maligna o prostrasse num estado de incoerência. Tudo nele apontava para um mesmo diagnóstico: estaria doente.

Boatos deram informe de que venderia a fazenda para que, com o dinheiro, pudesse custear tratamento de saúde no exterior. Entretanto, exibia à comunidade um rosto firme, embora se visualizasse nele resquícios de desgosto e enfado, que buscava dissimular. A fonte de tudo, quem sabe, poderia ser algo banal; por exemplo, subjugar-se à necessidade da sobrevivência, como qualquer dos mortais — por que não? Por que procurar interpretações profundas e inexplicáveis, se possivelmente não tivesse outras razões para ter feito o que fez, premências materiais o tivessem levado a tanto, apenas isso? Talvez nem quisesse ir adiante, mas, depois de iniciado o processo, fosse obrigado a mover-se até o fim, à última consequência. Obviamente desejava algo singelo, sem mistérios, nada mais do que conservar-se na superfície, não ser tragado pelas tempestades.

Mas seria desculpável a opção que tomou, depois de ter difundido tanta dor aos outros? Onde principia e finaliza a responsabilidade dele perante aos que tanto deram por aquelas terras? É justo desdenhar tudo o que foi feito e despejar ao limbo aquilo que o homem tem de melhor, o trabalho, desperdiçar todos os esforços, apagar até o horizonte as lutas e os esgotamentos de todos para desalojá-los ao vento, somente isso? Quanta crueldade com as pessoas, com a fazenda e, sobretudo, consigo mesmo! Pois nada, nenhum apelo, reza nem oferendas aos santos demoveram o patrão do seu intento. Tudo estava acabado. O silêncio apossou-se dos campos, dos galpões, das casas dos empregados e, qual formigueiro devastado por uma carga de veneno, os homens foram varridos para longe.

E foi rápido, nem três meses haviam transcorrido desde a primeira vinda daqueles que ocasionaram a calamidade. Em definitivo, tudo findou quando o próprio doutor Genésio foi embora da fazenda. Abandonou a região e sumiu para sempre.

Restou um prado inerte e desolado. À disposição dos ventos do inverno, indiferente ao abafamento do verão.

— Tive melhor sorte — se é que posso supor assim —, pois o patrão deixou um homem na fazenda, um só, pra cuidar dessas terras. Eu.

Antes de sair, doutor Genésio chamou-o para uma conversa. Invocou o parentesco distante que os ligava, fez algumas considerações sobre a ramificação da família e, em nome disso, pediu sua colaboração. E sublinhou: fidelidade absoluta, total.

Expôs suas alegações: que a sua decisão fazia mal a

muita gente, sabia disso, mas não tentaria se desculpar, explicar, atenuar ou eximir-se de seus atos, apenas que alguém acreditasse nele.

— Há um porquê por trás disso tudo.

E pediu: que ocupasse a casa, plantasse o necessário para o sustento, de sobreaviso sempre. Sobretudo, fechasse os olhos para o que viria a presenciar por aqui. Silenciasse sobre isso.

— Quem eram aqueles homens? — Fábio pergunta.

Venha aqui, seu merda! — Américo levanta-se e dá um pontapé numa cadeira. O estrondo ressoa pela letargia da noite para despertar da imobilidade a fazenda inteira. O capataz vai até o corredor e para diante de uma porta fechada, abre-a. — Vem cá! Fábio obedece, mais uma vez.

É numa minúscula dependência que Américo está, que serve para depositar coisas velhas. Uma lâmpada fraca ilumina bugigangas de toda a sorte. Ele remexe furiosamente o cubículo, derrubando tudo pela frente. Fábio observa-o, apreensivo. — Eu sei que está aqui, sei que está!

Um cão uiva. De repente, há um calor sufocante, embora fora de casa soprasse uma brisa e a noite, com isso, fosse agradável.

— Pois guardei isso aqui, em algum lugar... Ah, aqui está!

Rosto alterado pelo álcool e sono e todas as combinações de desarranjo, Américo vira-se, nas mãos uma fotografia, estende-a a Fábio. Rosto de um jovem. Adequado para finalidades burocráticas, para documentos como são as fotos três por quatro: nenhuma expressividade. Farda de militar. Quepe de oficial.

— Achei isso enfiado nas madeiras internas do sofá.

Fábio olha estupidamente para a foto, sem nada compreender. No verso, depara-se com uma frase, escrita à mão: "O culpado é ele, tenente Sérgio". Américo, como se entregasse uma revelação sigilosa: este rapaz, ó, se *fué*!

— Me explique melhor. Quem é esse tenente Sérgio?

— Moço, uma outra hora talvez eu fale, depende do seu comportamento aqui — e repõe a fotografia de onde havia retirado.

Fábio deduz que é um dos mistérios da fazenda esse retrato, mas que, com toda a certeza, Américo nada dirá; é só encenação do capataz, teatro primário, comédia burlesca, e agora ele, Fábio, está enrodilhado nisso, numa sucessão de eventos nebulosos.

11

Américo vai à janela e aspira o ar da noite. Encara Fábio, no rosto um vigor momentâneo. — Lá fora está bom pra cacete e nós aqui neste papo miserável! Fábio espanta-se com essa capacidade de alternância, com a reviravolta; ir para cama dormir seria a consequência natural pelo cansaço da longa conversa, pelo avanço dos ponteiros do relógio, no entanto o homem de repente contrai ares juvenis, põe brilho nos olhos, malícia no sorriso, entusiasmo.

— Vamos dar uma saída, se divertir um pouco! Vá lavar essa cara, pentear os cabelos.

Fábio rodeia sobre si mesmo ao ver Américo deslocar-se de um lado a outro, e ele nada esclarece aonde iriam.

Minutos depois, ainda estonteado pelos acontecimentos, aloja-se no jipe.

O jipe percorre a estrada poeirenta em direção à cidade, os faróis exploram a noite e iluminam a ansiedade de Fábio, uma espécie de medo se impregna em seu ânimo. Mas talvez devesse mudar de procedimento: acompanhar Américo nos seus devaneios, deixar-se embalar pelos assobios dele, pela batucada no rádio do jipe, pelo ritual de uma excursão noturna, apenas isso. E... quem sabe, agora..., mas, inadvertidamente, não trouxe consigo a ferramenta necessária.

Já na área suburbana, Américo guia o veículo até o pátio de uma casa, numa rua escura. É um bordel, presume Fábio, acesso característico do gênero, garantia de anonimato aos clientes.

Com alegria, uma mulher recebe Américo na porta, a

dona do negócio. Madura e ostensivamente gorda, como não seria diferente; o rosto maquilado em excesso, padrão de sempre; previsível como a maioria desse ramo: ruidosa, espalhafatosa. Abraçam-se, saudosos, bêbados; ela com as mãos nos cabelos dele, ele prefere o volume da bunda da matrona. Riem, acariciam-se, por fim Américo faz a apresentação: — É Clarisse, minha melhor amiga, a única.

Entram. A sala está quase vazia, em penumbra. Dois homens e meia dúzia de garotas nos sofás, elas olham com uma ponta de bisbilhotice para os recém-chegados, para o novato. Um som dançante com chiados, música brega. Fábio sente-se não ajustado ao ambiente, é um tipo de entretenimento que não faz parte da sua geração, oportuno a velhos e solitários, próprio de cidades do interior.

Excursão ridícula é esta, a um bordel subdesenvolvido, decadente. Porque tudo aí fede a oitava categoria, o uísque deve ser falsificado, de verdadeiro só as doenças venéreas. E o mau cheiro dos quartos. Repugna-se. De repente até os cães da fazenda adquirem imagem aceitável. Não, não pretende se demorar aí, é só atuar no papel de visitante e dar o fora.

Não sabe o que fazer, e uma iniciativa de Américo, qualquer que fosse, seria um desafogo. E se convence, depois de uma espera infindável, que o capataz se esqueceu dele, em definitivo. Adota uma atitude, a única admissível: senta-se no sofá. Uma das garotas vem para junto dele. Karine, anuncia-se; nome sofisticado neste fim de mundo — tudo igual. Novo por aqui, não? — o sorriso de Karine é pré-fabricado, a indagação tem molde para muito uso e será repetida a todos os forasteiros. Fabio diz que está de passagem. O que meu amorzinho faz na vida pra estar por aqui? Fábio, mostrando fastio e estafa, diz que nada de especial, apenas acompanhando o Américo.

— Com aquele maluco? Que milagre é esse?

De novo, a inconveniência, a de ser notado na companhia do capataz. Vontade de dar um murro na mesa e outro na cara de Américo. Porque tudo é absurdo nesta noite, tão irritante que só amaldiçoando-se, tanto desatino para nada. Precisa fazer alguma coisa urgente, para não sucumbir à raiva, à condenação a si mesmo por se submeter a esse degradante cenário. Uma cerveja. Para fingir alegria, desprendimento — prostíbulo não é para lamentações. O meu tesouro não tá a fim de dançar um pouco? Dançar? Sim, talvez seja a saída capaz de fazê-lo esquecer esses contratempos todos, mas há algo mais impreterível, necessário. Que tal apenas conversar?

Sobre a fazenda Porteira Verde, sobre Américo, os mistérios existentes, Fábio gostaria de investigar tudo isso. Pois todo bordel é um armazém de histórias, confissões, segredos, verdades; sim, onde se desnuda e se desmorona tudo que é falso e frágil, e esvai-se o que é resguardado em correntes ou em fantasia, e o que se pressupõe íntegro transmuta-se numa nova arquitetura onde, por fim, brutaliza-se o que era polido e arejado. Mas como intrometer-se nessas pendências, sem levantar suspeitas de Karine? Insinuar-se aos poucos, talvez, com perguntas dissimuladas; sim, começar assim, disfarçar a intenção primeira. Há quanto tempo você trabalha aqui? Uns seis meses, responde a gata, então é inútil, é tolice qualquer tentativa, a linda deve estar por fora de tudo. É quando Américo vem para o meio do salão, ergue uma garrafa de cerveja:

— Atenção, meninas! Vou apresentar pra vocês um amigo meu... ôôôôôôô Fábiiiiiioooooooooooo!!! - e aponta para Fábio; o olhar, o sorriso, um sorriso que é mais cínico agora que nunca. — Meninas, ele está uns dias comigo lá na fazenda... lá! na! fa-zen-daaa!!

Fábio enerva-se com essa manifestação, ânsia de chumbar a boca do desgraçado.

— E tratem bem ele, pois é um grande amigo meu! Um grande amigo meu!

As garotas aplaudem, assobiam, lançam beijos.

— E vocês não se preocupem mais por esse velho rabugento, qualquer problema comigo procurem pelo meu grande amigo Fábiiiioooo!

Fábio apreende a manobra do capataz, enquanto Karine puxa-o pelo braço. Tu tá morando lá? como tem essa coragem?! De súbito, isso é mais importante do que as bobagens de Américo, pois significa que Karine sabe algo. Sim, estou na fazenda, algum problema? E Karine, boquiaberta, aquele lugar não é meio medonho?

— Por que deveria ser? O que você ouviu a respeito?

— Não sei... é o que dizem por aí... as pessoas têm medo de ir até lá.

— Por quê?

— Ah, a única que sabe das histórias é a dona Clarisse.

E as outras garotas, o que elas dizem? — Fábio, impaciente, apressado. O mesmo que eu, nada, apenas ouvimos falar que têm uns fantasmas por lá, Karine responde. Onde fui me meter, que perda de tempo! Fábio resigna-se com tanta imprecisão, tantas coisas que não dão certo, tantos passos sem sentido, e escuta, já desconcertado, ó, coração, está aborrecido agora, é? para com isso, vamos nos divertir! Fábio compreende que isso é impossível, hoje pelo menos — exigência acima das suas possibilidades.

Pois Américo o induziu a uma armadilha — inteligente e preconcebida —, ou tudo não passa de uma combinação de coincidências? Uma demonstração do domínio do capataz ou, ao contrário, da sua ingenuidade? E ele, Fábio, por que vacila, por que as dúvidas? Não seria melhor que ficasse na fazenda ou, estando no bordel, que se integrasse com as garotas ou, ainda, que se fosse embora de vez da região? Pede mais uma cerveja.

Karine não devia ter feito isto: — dona Clarisse, o moço aqui quer saber umas coisas da fazenda! É quando Fábio entra em pânico; essa referência ao seu nome, essa associação à Porteira Verde, isso é o pior de tudo. Evitar esse vínculo, impedir tal enlace — mas como, se agora se torna público seu empenho, envolvimento testemunhado por tantos? E esta surpresa, a sua, é detectada pela Clarisse: qual fazenda, de que tá falando? Karine responde em alto tom — de birra, para que as demais garotas escutem, para que Américo o espreite com inesperada lucidez, um olhar gélido —, a do velho, esse aí, esse velho simpático e mal-humorado, esse que não se liga em nós, as moças, só com a senhora, sabe-se lá por quê. Há uma gargalhada geral. As garotas acham graça do quê? E como é possível se divertirem tanto, por tão pouco? Mas igual não acontece com a dona do bordel. O rosto dela reflete a indignação de Américo, isso é evidente, pois ambos olham para Fábio com reprovação. E tão rápido como eclodiram as risadas, todas se calam. Pois percebem a inconveniência. Menos Karine, idiota como ela só, vontade de quebrar os dentes dela num soco bem dado, pois a burra, a infeliz insiste que o moço aí tá interessado! Mas como, contrapõe Clarisse, ele que tá na fazenda vir aqui perguntar por lá? Karine raciocina com retardo, olhando para Fábio de modo estúpido: — é mesmo, como?

— Me larga!

O gesto de Fábio, o levantar-se intempestivo dele, a cólera, tudo isso é assimilado no bordel. Não, um homem não repele uma mulher sem que isso incite em outros um olhar curioso, incisivo. Fábio vai a outro sofá. Treme de raiva. De repente descobre que o capataz não está mais com a Clarisse, pois enfurnou-se no fundo do estabelecimento, sentado num banco do balcão, de costas para o ambiente, com uma cerveja diante de si — pensando na vida, o abobado? E Clarisse, liberada do velho amigo, aproxima-se de Fábio, que enxerga nela um quê de irônico, um sorriso de escárnio, a gordura tremulando pelo corpo como se fosse gelatina.

— E tu — interpela Clarisse — não vais fazer o teu programa?

— Não me encha o saco!

— Ih, nervosinho, é?

— Não é para menos, a senhora tem aí umas meninas burras pra caralho!

Clarisse parece não ter escutado essa observação, ou não se importado com isso, pois continua se bamboleando diante de Fábio, olhar maroto. De súbito, sem ser convidada, senta-se ao seu lado, e é como um desabamento sobre o sofá, uma enorme massa pegajosa e suarenta que, a cada gargalhada — que se renova em trinta segundos —, sacode-se em vibrações rítmicas e faz trepidar todo o sofá. Diz que é pra não estranhar, não, meu anjo, as meninas são todas assim, mas é porque elas são alegres, muito divertidas. E complementa: se tivessem alguns miolos além do necessário, não serviriam pra essa casa, nem pros que vêm aqui, estou certa?

— Mas que esquisito, tu lá na Porteira Verde! — agora em outra entonação — Lugar, digamos assim, meio anormal, que dá medo, não?

Foi ela quem abriu o assunto, não iria, portanto, desperdiçar essa chance. Pois idiota se não tirar proveito dessa mulher. Mas é necessário sutileza, prevenção. Se o estrago já está feito, que isso não se transforme em rombo, em desastre incontornável. Por isso é falar pouco, somente o necessário, o máximo de presteza, o mínimo para não se embaraçar. Uma indicação de início, uma pequena dose para sugerir que mordeu a isca, quando confirma que, sim, por lá há um clima meio atípico, aquilo é pra doido, ou pra velho como o Américo. E tu, como te meteste nessa fria? — sorri Clarisse, uma inflexão de quem se esforça para ser confiável. — Ô meu anjinho, a mamãe aqui acha muito audacioso o teu capricho de se hospedar na fazenda, não tem cabimento, não. Fábio, num sorriso que não disfarça uma troça inflada, por que não? é bem sossegado, e eu preciso muito disso... Clarisse dá uma risada estrondosa e, sem ter cessado ainda seus efeitos, sublinha que lá é onde — pense bem sobre isso, meu guri! — a última coisa a se ter é paz, e o único cara que aguenta aquele hospício é o velho Américo! Mas, diabos, o que se passa por lá? — não se contém Fábio, afrouxado de qualquer precaução, atropelando a si mesmo. Clarisse realça seu desagrado, rejeição à pergunta. Num sorriso complacente, um rosto que ressalta que a partir de agora puxa para si o comando, observa: ih, cara, é muito complicado comentar sobre aquilo... Fábio insiste: a Karine disse que a senhora sabe do que acontece lá. Sim, sei e daí? Não, Clarisse não coopera, de nada serve a insistência de Fábio. Ele renuncia a qualquer cuidado, está afoito por alguma informação e é imperioso apressar-se, pois quando Américo se aproximar se dissipará a grande chance. Porém Clarisse está irredutível, não fala nada, não quer abordar um tema que, dita o bom senso, deve velar-se intocável. E depois, o que ganho com isso, contando pra ti uns troços que não gosto nem de me lembrar? — é a posição quase definitiva, terminal. Agora é Clarisse quem toma a dianteira, quem direciona o diálogo e, assim demarcado, baliza a sua condição: até posso te atender no que me pede... mas tu tens que retribuir igualmente, ou seja, falar sobre ti.

— Mas o que tenho eu de interessante?

Clarisse não para de sorrir, porém a face enrijece-se:

— Tens, sim, muito. Quem é você, de onde veio, pra que veio.

Fábio percebe que a conversa escorreu por um território enlameado; cautela, pois nada obterá daquela mulher. É tempo perdido e um excepcional esbanjar de pistas, estas que não poderiam, de jeito algum, ser denunciadas, contudo, coisa feita, prudente seria se fossem apagadas, recolhidas, varridas. Contudo, agora não dá para encolher, obscurecer o mal feito, e é inútil desistir, tampouco se justificar. O abismo está próximo, decorrência da dissolução das suas faculdades sensoriais, efeito da bebida, pois esta ousadia só é explicável assim.

— Vamos, comece! — exige Clarisse, e o seu acento de voz é autoritário.

Fábio é afetado por uma tontura que, a princípio um pequeno incômodo, agora se manifesta cada vez mais forte, está com o rosto baixo, olhos cerrados, tudo gira, falta-lhe ar, um mal-estar cada vez mais crescente irrompe estômago acima, daqui a pouco irá ao vômito. Clarisse afasta-se de Fábio, que se vê só. Há um vácuo agora nas cercanias, uma estranha quietude. Lutando contra a nebulosidade que se adensa em seus olhos, ergue o olhar e vê a matrona junto ao capataz no balcão. Conversam em tom baixo, visivelmente sérios. De súbito, um lampejo de imaginação sobressalta Fábio: teria sido uma armadilha para agarrá-lo, esse arredar do capataz? Estaria Clarisse agora o delatando? Fábio cambaleia, um turvamento apossa-se dos olhos, do cérebro. Sons, cores, imagens, tudo se esfacela.

12

Essa tontura, nunca estive tão ruim, nunca o álcool me derrubou, quando vai parar? Nos solavancos do jipe, Fábio, sonolento, exaurido, ensaia amparar-se em algo, mas a cabeça escorrega ao peito ou para trás, por sobre o encosto do assento ou à janela, e aí o vento lhe traz um frescor, reanima-o um pouco. No torvelinho de ruídos, entre visões embaciadas e transtornos no corpo, um vestígio de lucidez consente formular uma articulação de pensamentos, resíduo de clareza no dom de refletir, e a constatação é irreversível: devem ter colocado misturas na bebida, com certeza foi intencional.

Fábio indigna-se e tenta protestar, mas as palavras são sussurros apenas, abafadas pelo rádio do jipe em alto volume, um rock pesado, um ritmo que envolve e entorpece os lúcidos e o que diria dos desconcertados como ele? Américo, qual um amotinado, imprime velocidade ao jipe a ponto de o veículo, em vários momentos, ultrapassar seu limite de aderência. E ri e grita como um tresloucado ou lá o que seja, quando não assobia no mesmo ritmo do rock, quando não acompanha a música com a buzina e, em meio a isso, distribuindo palmadas nas pernas de Fábio. Algo saiu do equilíbrio, desconectou-se, e prossegue numa corrida onde a imprudência abraça-se ao horror, ambos descarrilados. Fábio está para chorar, seu corpo é impelido de um lado a outro. Se pudesse pronunciar uma frase inteira, uma só, talvez até implorasse a Américo para livrá-lo na estrada, à beira de um riacho; se aliviaria num banho moroso, deitar-se-ia na relva, adormeceria e, quando o sol viesse para aquecê-lo, só aí se ergueria do seu escombro. Porém, não consegue nenhuma reação; nada mais a fazer senão chegar logo à fazenda.

Então escuta algo.

Uma sequência de batidas compassadas, ligeiras, rítmicas.

E que está cada vez mais perto, ressoa mais alto. Cadência identificável: um galope. Um galopar ao lado do jipe. Que ousa ser mais audível do que o pulsar do rock. Fábio atenta o mais que pode e, repentinamente, fora do carro, quase junto à sua janela, vê um olho brilhante. Um olho que espelha a claridade da lua, ou dos faróis. Desnorteado, aos poucos expande a sua percepção e, perplexo, vê a cabeça de um animal, um focinho úmido, um respirar ruidoso, por fim o corpo todo, os músculos, a energia — um cavalo. Reconhece o de antes, o da fazenda – o mesmo cavalo.

O que faz ele aqui, com que propósito e de onde surgiu? Uma presença tão rara quanto inacreditável. Porque, por mais impulso que tenha, não é admissível àquele bicho a mesma rapidez do jipe. A menos que o veículo esteja em velocidade compatível e seja ele, Fábio, quem capte noções distorcidas da realidade. Resultado da embriaguez. Ou talvez nem exista o cavalo e tudo não passe de sonho, alucinação — a bebida, alguma droga introduzida nela. Sim, a explicação é esta: delírio nada mais que isso. Ou não? Pois o que é este fragor que se sobrepõe a qualquer outro, como se viesse das entranhas da terra, como se houvesse um vulcão nas imediações? Seria o respirar arfante do cavalo, ritmado qual uma locomotiva? Que outra interpretação, que conceber de razoável nesse alarido?

Pesadelo, dos grandes.

Então vê — agora, só agora, nítido! — uma mulher montada no cavalo.

Uma mulher velha, muito velha.

Cabelos longos, brancos, desgrenhados. Vestida numa túnica em farrapos, suja. A aparência é horripilante; o olhar, assustador. Uma louca, ou um ser que escapou de um túmulo — assombração.

Uma mulher idosa sobre um cavalo, imunda e decomposta, por si só seria o bastante, porém, o mais terrível: olha para ele, Fábio. Perante si o focinho esbaforido do cavalo, a sua cabeça enorme, os olhos arregalados, e agora a imagem de uma criatura humana, feia, deformada, que causa pavor.

Fábio põe as mãos ao rosto — se pudesse dar cabo a essa balbúrdia! Mas a desordem é replicada pelo susto, incredulidade, torpor nos músculos. Constata que está com medo, que é impotente para se deter sóbrio em face do que sucede. E verifica que está ávido por fugir, uma necessidade de sair correndo para longe. Pois essa experiência está no plano real, não consequência da embriaguez ou de alguma droga. A maldição, o que Américo enfatizava, é isso, há uma peste nesse fim de mundo, nesse pedaço do nada, uma praga de estarrecer, de desencorajar até o mais valente.

Fábio fecha os olhos e encobre o rosto com as mãos. Sobressaindo-se da zoeira, escuta um gargalhar. É do capataz. Uma dimensão imprevista se inaugura e transpõe as fronteiras do aceitável. O que desponta agora modifica os episódios precedentes, reorienta os seguintes.

13

Fábio acorda-se de roldão, ofegante, desconforto no corpo inteiro, suor no rosto. Visualiza um armário, uma pequena mesa, uma escrivaninha, distingue seu quarto — já é dia. Os pensamentos giram e debatem-se como se estivessem numa centrífuga. Aos poucos, o que seria apenas uma reminiscência da noite anterior, algo apagado, materializa-se, recrudesce, palpita. Não, não é ficção de um bêbado, aquilo tudo foi real.

Fábio inquieta-se e levanta-se. São dez da manhã e a casa dorme. Atira-se a um banho gelado, esfrega água fria ao rosto. Mas não é o bastante ainda. Tudo em si é caos, como se tivesse sido arrasado por um tufão, por um naufrágio. Banho finalizado, vai à cozinha; café forte, quente, rejuvenescedor.

Américo chega. Está sorrindo.

— Que bela noite, hein? E faz comentários sobre a boate, as garotas, a beleza delas, a alegria delas, mas nada sobre Clarisse, e pergunta por que ele, Fábio, absteve-se de um programa com as moças, por que se fez de rogado — ou tu não jogas nesse time? Fábio zanga-se com tanta fuligem do capataz, e retruca que tudo o que eu disser, e principalmente o que tenho para perguntar, e é muito, você não dá a mínima. Américo, como sempre, bate na mesma tecla, pois é isso mesmo, não acredito em ti, em nada. E Fábio parte para a investida, já bastante irritado, ah, beleza, e em mais alguém, ou só aquela gorducha, a tal de Clarisse, tem crédito no que diz? Em ninguém — revida Américo. E quando você adoecer, quem vai te ajudar? Não me encha o saco, eu tenho saúde de ferro, o que já aguentei por essa vida me imunizou de tudo. Fábio objeta que a cachaça vai te pôr na cama qualquer dia desses... aliás, se você morrer como consigo sair da fazenda com aqueles cachorros lá fora? Américo ri, pois o que ouviu seria, com certeza, a preocupação central de Fábio. Adverte que não tem plano de morrer, em que circunstância isso poderia se dar? Uma morte súbita, suponho — responde Fábio. Com contribuição de alguém? — Américo ri, porém com indisfarçável animosidade. Fábio abranda as possíveis conotações: o álcool faz isso...pode prejudicar a sua saúde. O capataz contrapõe: cerveja, vinho, na quantidade moderada que bebo?... pois muito bem, se isso for inevitável, apodreço na cama!

— Você ri, não é? Mas que faço eu? Não posso sair daqui por causa daquelas bestas lá fora.

O capataz diverte-se: de fato, não vai sair, os cachorros vão fazer carne moída contigo, reconheço que é desconfortável, nojento até, mas não se dê por abatido, é só por uma semana. Fábio lança uma interrogação, que contém em seu bojo a sua própria preocupação: e depois desse prazo?

— Mas que cara agourento, tu estás torcendo pra que eu bata as botas! Em todo caso, quando isso acontecer a Clarisse vai vir me procurar, e me vendo em... em decomposição fétida?... vai providenciar um enterro decente, com missa e mordomias.

— Como você está convencido disso?

— É um trato que tenho com ela. Eu vou uma vez por semana ao bordel, se não for é porque estou doente ou algo pior, então ela virá à fazenda.

De súbito, toda a amplidão das palavras do capataz revela-se: sim, eu e a minha amiga temos algumas afinidades, ela me protege, sabia? Fábio termina o café em silêncio, é melhor abdicar-se do velho. Mas há algo mais premente, algo que se precipita como improtelável, a inquirição maior: você, seu borracho, poderia, por obséquio e por educação, me falar sobre aquilo que aconteceu na volta, quando estávamos no jipe?

— Por acaso tu estás fazendo menção ao cavalo, à mulher?

— Então aquilo...?

— Sim, meu caro, o que tu viste existe de fato. Convenceu-se agora do que comentei ontem, sobre estas terras?

Américo sorri e diz que ele, Fábio, se permanecer na fazenda, irá ver coisas que farão mudar seu ponto de vista sobre a vida, sobre tu mesmo, sobre nós, o passado de todos nós, pois cada dia, em se ficando aqui, é um rodopio de alguns graus na mente, na opinião, na maneira de ser, na forma de tu afrontar o mundo, e isso é válido pra qualquer desventurado, corno, puto que der as caras por esses lados. Fábio exaspera-se: a velha, o cavalo, me fale sobre isso! Américo aconselha a Fábio para que se decida de vez: ou vai embora logo, ou faz o que veio fazer, e já, mas se ficar aqui que ao menos se prepare, se acautele para as surpresas, para os sustos — iguais aos de ontem.

— Tu já ouviste os cachorros uivarem à noite? Eles também veem coisas um tanto quanto, digamos assim, estrambólico, daí que sentem medo... muito medo.

14

A desordem, a cólera de Fábio, tudo que é grotesco aplacou-se transcorrido quatro dias. Nesse período, nada mais aconteceu na fazenda, e tampouco consigo. Agora, o equilíbrio molda em si uma fachada de desleixo. Mas isso só na superfície, porque sob a tranquilidade há a mudez, e esta é impotência, é abalo, é temor, não ócio ou negligência. Porque não obteve nenhum esclarecimento sobre a aparição da mulher, sobre o cavalo. Atribuiu-se à bebida, à maldição da fazenda, e tudo ficou por isso mesmo, no raso, na estagnação. Tronco sólido, Fábio, mas transportável sob qualquer enxurrada, daí o desassossego, o fruir de algo como indolência e fragilidade. Pois que a sua quietude é exposição de uma só substância, volumosa e farta, porém dissimulada: as amarras; é isso, um nó pegajoso – a asfixia. Assim Fábio está. E sabe disso. Neste dia que chove. Chegou sorrateira, a chuva, de madrugada ainda, quando um vento sul concedeu o serenar do calor. E no raiar do dia uma garoa declarou-se a que veio. Para a euforia das plantas, do pasto e dos pássaros, para o afrouxamento e gozo em Fábio, como se o calor dos dias precedentes fosse o culpado de todos os desatinos e má sorte.

Fábio, que saltou cedo da cama, aspira o cheiro da terra molhada, olha a chuva e os pingos d'água que caem do telhado, contempla o voo circular das andorinhas e seu íntimo se preenche de vibrações. Pois calor e sol combinam bem à beira-mar, cerveja ou caipirinha ao alcance, e por complemento garotas, mas no interior deste país, qualquer que seja a latitude, exceto para os moradores habituais é penar no exílio, é flagelo no suor, é aborrecer-se acima de tudo. Desse modo a chuva é alento, é bem-vinda, traz alívio. Ela aniquila a poeira, as plantas readquirem o viço, o sol, quando espia entre as nuvens, vem a ser companheiro reverenciado e não carrasco. Isso no verão. Porque no inverno a realidade é outra, ainda mais neste sul que não se define se pertence a país tropical ou é prolongamento remanescente dos Andes — pois o frio de julho e a neve que cai vez que outra são anomalias ou espirros naturais do Aconcágua? Mesmo no verão a chuva traz melancolia, quando sua mansidão se espraia pelos campos. Se for chuva de tempestade, não. Os temporais açulam os seres vivos a estar espertos, aguçam-lhes os sentidos, impõem respeito pela natureza aos homens, e medo aos animais; daí que a tempestade se inventa como castigo ou fenômeno, e todos rogam para que vá embora logo, senão é uma catástrofe. Mas esta chuva, a que se deixa se soltar agora, não é assim, é aquela que se espalha pacificamente como se nada quisesse, porém acaba molhando até os ossos. E se asila no mais fundo da alma. E com isso homem e chuva passam a constituir um só elemento, ambos cinzentos, lúgubres.

Fábio olha para fora da janela e tem vontade de uma longa caminhada, de pés descalços na grama molhada, e também tirar a camisa e que cada pingo sobre a pele seja a semeadura de um renovar-se. Mas não faz isso. Os cães. Perambulam de um lado a outro, encharcados. Então o descanso de que carecia não vinga, e o tormento do calor se transmuta numa outra avaria: se não mais é maltratado pelo suor, ele, Fábio, se enclausura — nada pode fazer além de olhar o campo.

De súbito, ao longe, anuviado pela chuva, Fábio percebe algo: uma pessoa a cavalo.

Fábio concentra a atenção ao que avista, pois quem mais, além de Américo, poderia estar aí, nesse ermo?

O cavalo marrom-avermelhado. O cavalo e a mulher.

Um passeio na chuva, lento, solene, nada mais que isso. A mulher, ereta sobre o dorso da montaria, olhando para a frente, só para essa direção, qual uma sonâmbula; o cavalo, elegante, imperial, o trotar cadenciado como se estivesse num desfile. Afastam-se, imperturbáveis. Desaparecem. O silêncio adensa-se, e a paisagem, que já era opressiva, turva-se. Fábio sente frio, está gelado.

Os cães evadiram-se, todos.

15

Perto do meio-dia, Américo chega à cozinha com cara de sono, rosto sombrio. Resmunga uma série de obscenidades ao deparar-se com o dia chuvoso, e diz que essa garoa é típica de outono, que no verão a chuva não vem devagar assim, é barulhenta como animal em cio. Tempo assim é itinerário para o mau humor, é o que deixa claro num jeito áspero. Américo fixa em Fábio um severo e desagradável olhar. Endurece-se nessa pose invasiva. Os minutos se escoam e nada se altera, apenas uma sucessão de troca de olhares, de uma apatia que não é repouso, que não disfarça uma arruaça latente. É como se Américo entrasse por inteiro em ebulição, uma mudança se alinhavasse, algo de novo a se extrair. São sinais tão potentes que Fábio se retrai, regressa a um estágio de obediência, enfado. As feições do capataz, como das vezes anteriores, assumem uma aura de poder, emanam uma espécie de domínio sobre as coisas. Suspira, entediado:

— Apesar dos meus avisos, tu não deste o fora quando deveria...

— Puta-que-pariu, você tem razão, eu devia ter ido embora desse hospício!

— Ô, mocinho, já estou me aborrecendo com a sua pessoa, é esse vai-e-não-anda, sobe-e-não-trepa, um tédio, meu saco já encheu!

Fábio diz que esse lugar é um verdadeiro manicômio, que aqui não se tem sossego, ou é você, com esse seu mau humor constante, ou é o cavalo e a velhota na montaria; Fábio fala do que viu horas atrás, o fantasmagórico passeio na chuva, o terror que os cães manifestaram, e que você, seu capataz de merda, tem que me explicar essa porra toda.

— Tu viste a louca de novo?

— Quem é ela?

A Fábio fica evidente, agora sim, dado o questionamento do capataz e a forma de ele se expressar, que a velha existe de fato, não é fruto da sua imaginação. E é isso mesmo, é real, é verdadeiro, pois Américo esclarece que é uma mulher que vive por aí, extraviada, uma infeliz. Na fazenda? pergunta Fábio. Digamos... por aí, desvia-se Américo. Mas quem é? insiste Fábio, de todo atento para obter a resposta.

— A namorada do tenente Sérgio.

16

Américo senta-se à mesa para comer qualquer coisa, diz que hoje está com preguiça, não irá fazer almoço nenhum. Convida Fábio para acompanhá-lo à mesa. Apanha uma mortadela do armário e dois pães pequenos, corta a mortadela, com a própria faca leva o naco à boca. Pega uma cerveja da geladeira, enche dois copos. Sabe de uma coisa, diz num sorriso que não acoberta um quê de troça, eu realmente devo lhe agradecer por ainda estar vivo, por tu não teres feito nada comigo, ou pelo menos ainda não até este momento, estou correto? então pensei, por que não premiar esse intruso enfadonho com um pouco das histórias desta fazenda, quem sabe? o tenente Sérgio, tu estás curioso, não? mas também pensei, não, é melhor não dizer nada, o que ganho com isso? então me lembrei do que prometi dias atrás: contar alguma coisa pra esse cretino aos poucos, cada dia um capítulo, pois assim amarro o imbecil na sua curiosidade e ele não me fará mal algum nesse período, pelo menos enquanto não for atendida a totalidade da sua bisbilhotice; há uma certa sensatez nesse julgamento, não achas?

— Aceito ouvir, sou intrometido mesmo.

Américo, com desdém:

— Ah, é? E se for algo... digamos assim... meio complicado? Pois até posso falar... sim, por que não?... Um pouco... isto é, enquanto tiver saco, e só pra ver a tua cara. Além disso, está dentro do que disse antes, não é? De avançar em partes, não é isso?

Fábio insurge-se, você está sendo desonesto comigo, está pensando mal de mim, não gosto disso — mas essa veemência soa como que falsa a Américo. Américo reivindica a convicção de que o visitante mente, e deixa manifesto que, sim, tu não sabes como te desembrulhar, ou cumpre a tua missão ou fica aqui para escutar o que tenho a dizer sobre a fazenda, pois tu tens ordens do seu Rafael mas, ao mesmo tempo, não sabes como sair daqui com os meus cachorros no teu encalço, então tu estás dando um tempo para ver como resolver essa questão, e enquanto isso, como um autêntico abelhudo, gostaria que eu falasse sobre o tenente Sérgio, sobre a velha e o cavalo, sobre a fazenda, o inferno que existe por aqui, não é?

Fábio renova a indignação, você me julga muito mal, não sou isso o que pensa de mim, vim aqui para descansar e nada mais, não invente coisas.

Américo retoma o mesmo ponto: caralho, se eu começar a cuspir o que sei, cacete, garanto que vais perder esse teu marasmo, e depois que eu falar tudo, te asseguro, vai ser meio difícil para tu executares o teu trabalho, pois meu ilustre e repulsivo pistoleiro profissional — posso chamá-lo assim, suponho, para melhor entendimento de como lhe avalio — ficará na dúvida se está fazendo a coisa certa, isto é, se fores homem com alguma virtude.

Fábio fica quieto, entorna à garganta o conteúdo inteiro do copo de cerveja.

— Rapaz, reforço o que disse, o de não te meter nessa encrenca. Fique em harmonia consigo mesmo, ponha-se leve, ou faça-se forte e, sem piedade, ponha em prática logo o que tem a fazer, e sem questionamentos.

Américo busca outra garrafa de cerveja na geladeira, retorna à mesa, corta mais fatias de mortadela, oferece a Fábio, e nada mais diz. Mergulha em si mesmo e aí estanca. Como se ruminasse sobre o que está por dizer, como se selecionasse seus argumentos.

Ou, ao contrário, talvez procurasse alegações para negar, congelar, excluir o que havia iniciado e escapar do prometido, tentando consolidar uma posição que não o comprometesse, repelir qualquer chance de acusação à sua pessoa. Daí que, para não se submeter, em defesa própria reprime-se no isolamento, e assim, talvez essa seja a sua esperança, quem sabe poderá induzir Fábio à imobilidade até que esse visitante desista do interesse e, resultado óbvio, a sua indiscrição decline, arrefeça, desande.

Porém, diante do olhar fixo de Fábio sobre si, a pose de quem aguarda ansiosamente a confidência, e vê que esse indivíduo inclemente tem perseverança e tempo para isso, Américo entende que não tem opção e – sim, por que não admitir? – também ele tem vontade de desabafar, de soltar tudo que o aflige todos esses anos.

Põe-se a falar.

17

De modo arrastado, ajustando a linguagem, dimensionando a gradação de voz, adequando à matéria um rosto grave, Américo começa:

— Foi numa noite, dois anos atrás, que o senhor Rafael — único filho do doutor Genésio — apareceu na fazenda acompanhado de dois homens — seguranças. Eu já sabia que ele ia vir, pois quando precisava se comunicar comigo telefonava pra Clarisse — mandava um recado por ela. Sabe como é, telefone só na cidade, sinal de celular aqui na fazenda é piada. Tinha me dado este aviso: vou fazer uma visita aí qualquer dia desses. Era dezembro, muito calor, eu estava na varanda, me deliciando com o chimarrão, quando vi as luzes dos faróis. A cachorrada entrou em rebuliço, tive que amansar os bichos. O novo patrão, Rafael, filho do doutor Genésio, é um moço arrogante, metido a bom. Um daqueles caras que nós, gente humilde do interior, aprendemos a evitar. Pois ele se apresentou reclamando por banho e comida, e que tinha vindo direto pra cá sem nenhuma parada, folga nenhuma, e que outros compromissos o obrigavam a ir embora já no dia seguinte. Fui preparar uns sanduíches, enquanto ele ia pro chuveiro. E nem quis saber como eu estava, sobre a minha saúde, tampouco sobre a fazenda. Pra ele não havia problemas por aqui; mas se não, por que veio, apenas passear? Depois que o moço saiu do banho, a mesa posta com cervejas, pedi notícias do pai dele, o doutor Genésio, mas o almofadinha não respondeu. Deu a conhecer que, pra ele, vir até aqui era um incômodo, fazia isso por obrigação e tinha esperança de não refazer essa viagem. E bateu assim: eu vim porque não gostei do que me disseram, e estou meio irritado com isso. Fiquei na minha, lá vinha bomba pro meu lado.

O presunçoso continuou: veja bem, há muita gente mal-intencionada por aí, gente ruim, de juízo podre, de alma poluída, e esse tipo de pessoa adora ganhar vantagem em cima dos outros; esses oportunistas, indivíduos de baixo nível, eu tenho que me precaver contra eles. Sim, e daí, o que tenho a ver com isso? – perguntei, já antevendo que ia me incomodar com esse bosta. E foi adiante, o traste: por exemplo, sobre a fazenda, essas pessoas inescrupulosas, que só têm em vista tirar proveito para si mesmos, talvez queiram acreditar em fantasmas por aqui.

Ele soltou a língua. Puto da cara. À medida que discursava, quem ficava puto era eu. Pois que se limitasse à fazenda, aí tudo bem, eu o escutaria numa boa, com apreço e cortesia, mas a dúvida dele, a ira dele era pra quem? pra quem? Ora, o tratante estava brabo comigo.

Disse, o repugnante patrãozinho, que o pai dele, o doutor Genésio, quando saiu da fazenda renunciou ao que tanto gostava — a vida de fazendeiro — por um princípio nobre; sacrificou o seu lado pessoal em nome de um objetivo que, no seu conceito, era bom. Que lá fora — assim foram as palavras do pai — a sociedade estava corrompida, podre, caótica; a essa sociedade era forçoso aplicar uma lei dura, um chicote forte, um comando uno que desse uma arrumação na bagunça; mais ainda: o país atravessava por dificuldades gigantescas, necessário uma dose de sacrifícios de algumas pessoas, justamente as patrióticas. Ele, doutor Genésio, iria fazer a sua contribuição, orgulhava-se disso, embora reconhecesse que seus empregados seriam penalizados, sofreriam um bocado, mas, no balanço desse dilema, previa compensações futuras, vantajosas a todos. Logo o país iria tomar jeito, pegaríamos a estrada do bem, o ramo bom, e teríamos dias melhores; sim — doutor Genésio garantiu —, devemos pensar nos nossos filhos, na família.

O asqueroso patrãozinho, esse Rafael de merda, bateu na mesa: tudo que aconteceu por aqui não deve ser dito a ninguém, jamais ser boato na boca do povo, o nome Porteira Verde tem que ser poupado, está claro?

Por que lembrar isso? Pois foi esse o cuidado que o pai dele me recomendou, anos atrás, quando me incumbiu da vigilância deste lugar. E agora esse cara, esse imbecil, o novo patrão, Rafael, filho do doutor Genésio, jumento, repelente e retardado vem aqui dizer que iria tomar umas providências, correções firmes? Que esse ajuste decorria de alguns fatos graves e delicados que teve conhecimento, prejudiciais à sua imagem? Mas estacionou no chove e não molha, recapitulando o que eu já estava farto de saber: era imprescindível manter em segredo determinados episódios ocorridos nas terras dele. Aí me adiantei: patrão, vamos nos entender com franqueza, põe pra fora o que tem a dizer; afinal, quer que eu faça isso ou aquilo, mas não explica direito o quê! Mas ele não saiu da mesma embromação, enroscado como uma cobra: veja, todos esses anos que você fez o zelo daqui, olhe bem, um papel importantíssimo!

Ele se expressava como o seu pai, a mesma maneira, tique igual. Mas no doutor Genésio havia sinceridade, algo honesto, o que eu não percebia nesse paspalho diante de mim. Não, não aprovei a enrolação do doutorzinho: muita soberba pro meu paladar. Não afinei com o tipo, quando ele disparou o discurso de que, desde quando o pai dele largou a fazenda até o presente momento, a sociedade, a cultura, os hábitos, as perspectivas, o mundo havia mudado muito, se transformado por inteiro, e que as coisas por aí afora estavam bem diferentes hoje em relação aos tempos do seu pai, e que ele, Rafael, se considerava um homem moderno, instruído, globalizado, mas acima de tudo flexível, nada tinha a ver com as posições que o pai havia contraído em vida. Ora, eu ia tolerar isso? Daí – o moçoilo exigiu, prepotente como ele só — o que peço é pra você não falar sobre a fazenda lá no bar, esqueça o que aconteceu aqui, aquilo foi um período que já se foi, nada mais restou daqueles dias, por isso não deve ir além de onde está, no esquecimento. Me deu raiva do cretino, pois ele queria passar uma borracha naqueles anos, apagar tudo o que vivemos, era só isso o empenho dele. Nada mais importava. Em nenhum momento tinha pensado em mim, sobre o que tive de sofrer, todas as penas. Ele veio apenas pra isto, fácil como descascar laranja: que tudo fosse removido, sumido.

Fábio entendeu: algo deveria ser deletado, extinto, importante era preservar a nulidade, a ausência, a lacuna, a carência, o cinza, o nada – era o que o novo chefe pedia ao velho capataz.

— Você foi o único que meu pai não despediu — continuou na mesma tecla o moço vaidoso — lá nos primórdios dessa merda toda, pois tinha fé em você, e com a missão de proteger essa propriedade. Você jurou fazer isso, é bem pago, mora bem, no entanto agora põe tudo a perder, justamente agora quando...

— Sim?

— Quando penso em vender a fazenda.

O filho-da-puta queria se desfazer da Porteira Verde!

— Quero negociar a venda logo, mas os corretores aqui da região fazem uma estimativa pra baixo, não pelo preço que a fazenda vale. Me alertaram que esta propriedade tem má fama, daí que os possíveis compradores se aproveitam disso e fazem proposta com valor reduzido! E outra coisa, eles dizem que você não permite ninguém entrar aqui! Que bosta é essa??

Fiquei na minha; se ele veio gritar no meu ouvido, devolvi pra ele um não estou nem aí, seu cretino.

Fabio capta a dimensão do distúrbio: o patrão atribui a dificuldade da venda ao capataz. Sim, Américo que se dê por satisfeito, pois ele, Fábio, nada sabia disso. Então não era para estar a par de tal implicação? É justo estar tão por fora assim? Vir à fazenda patrocinado pelo senhor Rafael, fazer uso de uma suposta aproximação entre ambos, no entanto não ser informado de alguns pontos importantes — é tolerável tamanho buraco? Porém, refletindo melhor, talvez não fosse descuido, mas estratégia de quem o enviou para cá: mantê-lo alheio a tudo; ele, Fábio, é quem está errado. Porque, desde a sua chegada à fazenda nada fizera como o previsto. Não devia estar desse jeito, transbordando de cerveja, cedendo às imposições do capataz, submetendo-se aos seus caprichos — isso é que está mal. A falha é sua, irrefutável isso.

Américo prossegue no seu desabafo: pra mim foi um golpe ouvir isso, muito duro, fiquei meio atrapalhado, perdido, e mal consegui perguntar: o que pretende fazer comigo? Você, se for comportado como eu gostaria — jogou na minha cara esse patrãozinho de merda — dou recomendações ao novo proprietário, o que comprar essa propriedade, mas você está abusando da bebida, sei que tem estado bêbado, e anda por aí disseminando asneiras.

Finalmente o principal.

— Você deu pra recuperar incidentes antigos, a língua saracoteando demais, torna público o que não era pra ser. Por tabela, além de me prejudicar na venda, você termina me implicando, sujando a memória de meu pai. Se você espalhar por aí certas histórias, caducas de tão envelhecidas, vai criar uma situação delicada pra mim — pretexto do safado.

— Nada de complicação, não? Mas e eu? Anos a fio nesse lugar e agora sou um estorvo.

— Não está tendo uma conduta como deveria, é o que reclamo.

Muito bem, o sabichão veio pra me dar conselhos.

— Falar demais não pode. Você alimenta as intrigas do pessoal aí fora.

Agora, depois que o velho fez o que fez, o filho tem direito de largar tudo, de esquecer tudo, e de me destratar? O novo patrão, o Rafael, apresentou-se a mim com um homem de espírito atualizado, afinado com o mundo, com as tendências, com as modas e as novas ideias, de acordo com os ventos no seu contexto pessoal, um sujeito flexível, como ele se nomeou. Sim, na opinião do fedelho, o que seria considerado correto num momento seria equivocado noutro, assim é a história. Sim, o moço estava noutro barco, cobiçava construir vida nova, desvencilhar-se de algumas sombras, esfregar uma borracha sobre o passado da sua família. O pretexto estava em dissolver uma mácula na vida dele, porque não mais era motivo de orgulho, mas de vergonha, o que o pai dele tinha feito, o destino que foi dado à fazenda. Um erro, um erro, o do velho pai — censurava.

Pois nos dias de hoje não há regras, definições para nada, nem mais a divisão do justo e do errado, tampouco distinção rigorosa do bem e do mal, do claro e do escuro, não assim tão esquematizado, demarcado, preciso, rijo; tudo se tumultua, uma coisa pode ser outra no mesmo instante, ter dupla face, assim é o mundo de hoje — concluiu o filhinho Rafael. De maneira que fiquei com náusea dele, com ódio mesmo. Pois durante todos esses anos permaneci aqui sozinho, no ofício que me foi dado, acatando uma ordem, a do digno doutor Genésio, subordinado à hierarquia que me foi imposta, e ele vem se queixar que o vento agora soprava pra outro quadrante, e que eu devia me modificar?! Então isso é fácil? É só pôr os pés aqui e assinar um decreto, o que foi feito ontem não tem valor nenhum hoje?

— Você já é visto como um excêntrico, a fazenda já tem fama de mal-assombrada! — o pedante gritou.

Fui curto: não meço minha língua quando algo me contraria, por isso não prometo nada. O pretensioso também foi no mesmo calibre: você está prejudicando meu futuro negócio, se não parar com esse papo de bêbado, se não fizer o trabalho que peço, dou cabo em você sem dó!

E deu a ordem final: que eu revirasse o terreno com o trator, toda a área, só eu, sem ajuda de ninguém, e limpasse o que se pusesse visível, e sumisse com tudo, queimasse tudo.

E sabe o que fiz? – ri Américo. — Nada do que ele pediu. Não mexi um centímetro, nenhum esforço pra cumprir o mando dele, deixei sepultado na fazenda o que ele mais queria moído a pó.

18

Fábio olha para Américo e reprova-se: deveria ter ido embora quando tudo ainda se confinava no âmbito da normalidade. Pois havia chegado à fazenda e era ele, Fábio, quem, por determinação de quem lhe enviara até aqui, tinha por encargo se posicionar forte, independente, se impor sobre o capataz, rugir grosso; Américo seria um homenzinho estúpido, sem importância alguma. Mas, por um desses motivos inexplicáveis, se envolveu mais do que o previsto com o capataz, pôs de lado toda a cautela, e agora é difícil ignorar o que se resguarda por entre as aparências. Sim, incita-o o incógnito, o extraordinário contido sob a máscara desse velhaco bêbado.

Essa atração é um atrevimento de sua parte, uma insolência, uma insanidade que o estimula a discernir, a ver acessível o que tanto o seduz. Pois o confidencial, o instigante, o misterioso, o ameaçador, o guardado a sete chaves, que tudo isso se desmorone aos seus olhos — e já! É um manifesto, o afiar da seta para abrir uma passagem que lhe permita assimilar a fazenda, o capataz, o cavalo, a velha, o tal do tenente. Uma cunha que desponta das brumas e investe na harmonia de até então para romper o que seria estável. Pois se marcos e cercas materializam os limites físicos da fazenda, muito mais há nestas terras — de profundidade e em extensão. O vazio nos campos é imagem primeira, porém insondáveis murmúrios habitam estas relvas e deslizam por elas. Há mistérios, segredos há.

— Surpreso, não? — Américo sorri. — Outros que vieram aqui também tiveram a mesma reação.

— Que outros?

— O que vieram pra fazer o mesmo que tu...

Fábio cala-se.

— Pois o doutorzinho tentou o que anunciou, enviou uns canalhas pra cá, mas um fugiu assustado com o que viu por aqui, e não foi longe, e o segundo... bem... não queira saber.

Fábio permanece inerte, sem ânimo para se fazer ouvir. Desde que se inseriu na fazenda sua mente foi assolada por toda espécie de alucinações, de desvios, de ondulações sensoriais, de experimentos insólitos, extremos; seu corpo, de tremores, suores, frio quando fazia calor e, além de tudo, de uma obstinação de aí fincar pé, de não alterar sua postura quando tudo exigia isso, de desobedecer com arrogância a sua própria finalidade de vir aqui. Como se uma aura eletromagnética o rodeasse e o imobilizasse numa lamacenta dispersão, ou uma força superior o neutralizasse, e esta — Fábio sabe — tem um nome: Américo. Então, por que ele, Fábio, permitiu sobre si a influência desse homem sem um mínimo de reação de sua parte? Nunca na sua vida foi tão incapaz, jamais tão subalterno, inimagináveis as ausências que concedeu a si mesmo, singular a lacuna que proporcionou ao algoz, e que se avultou por esses dias todos. Indecifrável para si mesmo essa sua entrega, embora oportunidade de virar o jogo houvesse. Entretanto, agora, é assediado por uma aflição que desfigura os traços do seu rosto, os tons do olhar, os códigos dos gestos...

— Vim aqui para esquecer, me distrair, mas estamos à toa.

— Te preveni, bem no início: quem põe os pés aqui acaba se confundido todo.

Fábio expele, em tom de voz suficiente alto para que se faça patente, o que tanto tem lhe mortificado nos últimos dias, a irremediável perda de boa vontade para com tudo: não aprecia mais nada deste lugar, desta fazenda desprezível, o que se faça ou se diga não tem, jamais teve, nunca terá graça alguma, está extremamente esgotado. Talvez, já arrependido por ter vindo, esteja na hora de despedir-se desta terra pestilenta.

Todavia não irá embora assim, submisso, fracassado, com a humilhação da falha. Cometeu erros, sim, mas há condições de reverter isso, ainda. Ao invés de se atormentar e lastimar-se inutilmente, deve perfilar-se e trazer Américo para si, com habilidade, jamais se permitir levar por ele. Mas sem se precipitar, embora haja pressa. Apesar do medo. E da curiosidade — essa armadilha.

Os subterrâneos da fazenda, a dominação e o cinismo que emanam do capataz, é tudo fantasia, carnaval, férias de verão ou, ao contrário, pesadelo, sessão de torturas, vertigem? Como julgar isso, se tudo é tão vago, opaco? Qual o sentido primeiro, ou singular, das palavras de Américo, cortantes, metálicas, quando destaca que antes de ti, meu caro Fábio, o patrão já enviou dois miseráveis pra cá, mas foram eles quem se deram mal, não eu, e um dos infelizes foi estraçalhado pelos meus cachorros, pedaços dele distribuíram-se por aí, espalhados pela fazenda. — Oh, aquilo foi tão engraçado, nos divertimos tanto! Qual a destinação, a mensagem de Américo ao apregoar que, se desconfio de alguém, não dou comida pros meus bichinhos um bocado de dias, e depois, eles esfomeados, atiço pra darem trato do idiota. Um bando de lobos, piranhas, espetáculo lindo de se ver!

Fábio dá-se conta que há dois dias Américo não lhes dá nenhuma alimentação.

Fábio intui que o embate deverá ser longo. Uma

jornada de escaramuças. E que, quando findar, não apenas um outro dia deverá irromper, mas também a emergente exposição de uma realidade modificada. Sim, não se é mais o mesmo depois de se ultrapassar certas etapas, quando o que excede, ou o que se arroja como novo, traz devastação no cotidiano de até então, aturdimento no instante presente, ansiedade pelo que há de vir. Pois as palavras de Américo são como um ritual que precede o clímax de um espetáculo de magia: sabe-se de antemão que haverá algo inédito, e depois não se olhará da mesma maneira para o rotineiro — a cartola do mágico, a mala, o serrote, o coelho, o que for. Fábio assim depreende: o que Américo disse até agora foi apenas um prelúdio, o maciço há de emergir ainda.

Fábio está com a garganta seca, um calor apodera-se do rosto, formigamento nos lábios. O corpo inteiro retesa-se não pelo que ouviu, mas pela atuação de Américo, que mais do que nunca se assenta como capataz — rédeas na mão.

— Foi o patrão quem te mandou pra cá.

Américo é convincente, está sério. A Fábio poucas opções há, as chances de manobras diminuem, é imprudente arriscar-se enquanto impera escuridão na circunvizinhança e pantanoso o terreno.

Américo, numa fisionomia que se alterna entre a dureza, quase maldade, e um quê de cínico, de descrédito: muito bem, meu rapaz, tu te meteste aqui pra foder com a minha vida, e insisto no meu ponto de vista, pra me matar.

Fábio esquiva-se.

— O patrão te mandou pra cá — sentencia Américo entre os dentes, pronunciando cada palavra devagar, com desprezo. — Só torço pra que tu não acabes como aquele outro, o antes de ti, que correu apavorado daqui, tocado pela maldição deste lugar.

— Quanta bobagem sai dessa boca!

— Eu te avisei...

— Você é maluco, exatamente como me preveniram, um esclerosado! Meu Deus, onde fui parar?

— Azar o teu. Por que não me matou logo no primeiro dia?

Américo ressurge vigoroso, punhos cerrados, rosto vermelho, a aparência definindo que, finalmente, transbordou a sua dose de cordialidade, de harmonia, de convivência civilizada; agora, dentro dele, desabam todas as composições a que se autorizou desde a chegada do visitante.

Américo levanta-se da mesa.

— Embora a tua missão aqui é pra dar fim aos meus dias, assim mesmo simpatizei contigo, por isso vou te mostrar o que tenho comigo...

E, exibindo um quê de triunfador, de déspota, de quem pode tudo, com uma insofismável confiança em si, diz que, depois de expor a esse moço petulante o que guarda consigo, ele, Fábio, o fracote, o amolecido, instável, inibido, hesitante, claudicante — todos os sinônimos para reforçar como julga esse estrangeiro que nunca, maldito seja, deveria ter pisado nessas terras —, irá enxergar as coisas não mais de mesmo modo, e com certeza deverá adiar o que acertou com o chefinho Rafael.

19

Américo vai ao quartinho de onde havia buscado a fotografia do tenente Sérgio. Por alguns minutos, revira bugigangas. Depois retorna, um caderno na mão.

— Leia, um diário antigo, ou um depoimento, sei lá.

Um caderno velho, as páginas já amarelecidas, algo escrito, letras com capricho.

— Tu vais agora conhecer melhor este lugar, pois é evidente que estás por fora de tudo, o patrão não é burro não, ele te despachou sem te dar o mais importante, isto é, te explicar por que tens que foder com a minha vida, e tá na cara, sem noção dos rolos de antigamente. E mais, o teu grande erro: te atrasaste, te atrapalhaste, ficaste por aqui quando deverias ter dado cabo do teu compromisso no primeiro dia, a caminho da fazenda, antes mesmo de entrar pela porteira, porque agora tu estás completamente enrodilhado, tens medo dos meus cachorros, não sabes como sair dessa embrulhada, e, além disso, foste enfeitiçado pelas ruindades que vêm desses campos, é isso mesmo, tu estás é sob efeito da magia, até cavalo de outro mundo está enxergando! Por isso estou te entregando esse caderno, é uma lembrança velha, uma pequena janela do que tivemos por aqui. Espia, vais te fazer compreender do que o patrão tem medo, uma amostra.

Eu estava namorando o tenente Sérgio fazia uns três meses quando me fez o convite: viver com ele numa fazenda. Iria comandar uns homens num trabalho especial, seria por algumas semanas e não lhe agradava a ideia de viver longe de mim. Aceitei, seria uma experiência maravilhosa, moraríamos juntos.

O primeiro dia aqui foi emocionante, depois de termos viajado num helicóptero. Tenente Sérgio vestiu-se com esmero: farda do Exército, quepe, as insígnias de oficial. E a pose... de tão reto, de olhar imponente, de rosto sem expressão alguma que até parecia um daqueles guardas da rainha da Inglaterra. Me impressionou a figura dele, como se o tivesse olhando pela primeira vez. Alto, pernas compridas, rosto bonito e másculo, corpo atlético — um espécime masculino exemplar. Eu admirava os traços do seu rosto, a cor de seus olhos, os cabelos pretos, lisos. Sim, eu não tinha vontade nem de falar, apenas contemplar aquele homem por inteiro. Mulher é assim. O fascínio pela farda de oficial... inexplicável isso. Pois tenente Sérgio impunha-se tão pomposo, elegante, austero que me fiz toda sua naquele mesmo instante. Não me importava o minuto seguinte; a proximidade dele era mais que tudo, me transmitia segurança. Me olhava quieto, os olhos firmes em mim e nada dizia. Não, não era atitude de um tímido, dos inseguros, dos feridos por fracassos — esses eu os conheço bem. Ao contrário, comportamento de proprietário, em plena autoridade ou, quanto muito, de quem, astuto e previdente, fareja e apreende todas as peculiaridades da sua presa. Homem maiúsculo, eis tudo. E eu, fêmea naquilo que é condenável — a voz calada —, na espera do próximo passo dele, quando fez o convite: vamos dar uma arejada por aí?

A cavalo, percorremos os campos. Fiquei maravilhada pela beleza da paisagem. Cavalgamos lado a lado, em absoluto entendimento entre nós. O ritmo dele era o meu, íamos pelas mesmas trilhas, contornando de igual forma e em cadência igual as árvores, os arbustos e obstáculos quaisquer que encontrássemos. Um elo sensitivo nos ligava, pulsávamos em intensidade afinada, nós dois.

Chegamos a uma pequena lagoa. Aí, ele me enlaçou pela cintura e me fez fraquejar as pernas — fui domada. Olhei bem o rosto dele para adivinhar a sua intenção, mas só vi uns olhos ternos, um sorriso gentil. A doçura dele não diminuía a sua masculinidade, a sua entrega não o enfraquecia. Ele soube o momento de se anunciar. Conduziu-me até entrarmos na água.

A temperatura da água estava morna, agradável. Amparando-me pela cintura, fez-me dobrar os joelhos, reclinou-me vagarosamente para trás, como numa dança de tango ou num bailado clássico, e foi me inclinando cada vez mais. A água invadiu o meu vestido, o seu frescor apoderou-se dos meus quadris, dos cotovelos, das costas, dos ombros, dos cabelos e, por fim, ele me recostou de todo. Eu estava deitada numa lagoa e isso era a coisa mais natural do mundo! E assim olhei para ele: de pé, após ter-me soltado, um gigante, qual uma estátua de herói, as pernas abertas, a farda e o quepe de oficial.

Ajoelhou-se em cima de mim. Levantou-me o vestido. Deitou-se sobre meu corpo e me afundei na lama. A água era transparente, mas agora se turvava. O dia, de um sol forte, o céu inteiramente azul, pássaros voavam sobre nós. Pouco vi o céu, pois ele me virou o corpo. Agora, o meu rosto ao nível d'água, meus joelhos doíam na areia, o peso dele sobre os meus quadris. As ondulações da água, mais fortes, ritmadas, compassadas... Ele me empurrava com vigor, meus braços estendidos para a frente tentavam frear, bloquear o avanço; eu estava dolorida e sufocada, mas o prazer era enorme, maravilhoso. A sensação — e a certeza — de que vivia uma experiência incomparável foi quando vi diante de mim o quepe dele boiando na água, indo embora para o meio da lagoa...

Não sei por quanto tempo ele me teve numa mesma virilidade incansável, poderosa. Quando dei por mim, estava deitada na grama, o uniforme dele me servindo de esteira e cobertor. Ele, nu ao meu lado, fumando um cigarro.

O meu primeiro contato com a fazenda foi assim.

Naquela noite bebemos vinho, acompanhado de porções de queijo, pão, salame, essas delícias. E ele mais elegante e charmoso que nunca. Durante o jantar, me fez um pedido. Que não perguntasse nada sobre as atividades da fazenda, teria tudo que quisesse desde que não bisbilhotasse por aí. Ligar-me ao tenente Sérgio fortaleceu em mim a convicção de que fiz a opção certa. Deslumbrantes aqueles dias. Eu vivia na casa principal e me encarregava das tarefas simples reservadas a uma mulher saciada e protegida. Cozinhar, limpar, lavar roupas, passear pelos campos, até cultivei uma horta caseira. Isso nos intervalos entre as nossas danças de amor, que eram várias num mesmo dia — na cama, na sala, na cozinha, ao ar livre. O homem era insaciável e isso provocava em mim um querer mais, mais... Fora essas ocupações, nada havia a fazer e eu dormia horas. Ao despertar, cantava sozinha pelos aposentos, cuidava da minha aparência, tratava de ler revistas femininas que tenente Sérgio trazia para mim. Eu não considerava — nem como hipótese — a existência de qualquer nódoa, mancha, cancro que pudesse interferir na minha felicidade. Tudo estava tão perfeito, o tenente era tão bom que eu desejava que nada se alterasse. Sim, algumas esquisitices, ou anomalias, havia na fazenda, mas me negava a enxergá-las, tampouco intervir nelas. Por exemplo, os soldados. Quando eu os divisava espalhados pelos campos, tratava de costurar meias, botões, passar camisas...

Sim, os soldados. Armados sempre. Ocupavam uma segunda casa, mais distante, e também um prédio grande e reformado para os acolher. Lá faziam algo secreto, proibido à minha aproximação. Eu abafava qualquer curiosidade que pudesse ter sobre aquilo, abandonando-me à paixão pelo tenente. Às vezes, porém, alguns fatos me incomodavam. Quando escutava uns ruídos fortes e vislumbrava um helicóptero. O pouso era sempre ao lado daquele prédio, o que estava fora da minha visão, eu não enxergava o que acontecia aí.

Mesmo que quisesse me interessar sobre aquilo, tenente Sérgio não dava moleza: me despia e me acuava para mais um ato de esquecimento, sem tréguas. Repetia isso sempre que escutava a vinda do helicóptero, quando parecia nervoso, carregado de eletricidade.

Eu tinha outro motivo que me desviava dos soldados, além do cumprimento de acordo que fiz com o tenente: estava cada vez mais ligada na pessoa dele, obcecada até, necessidade de prospecção no seu ser como um todo. Se era um homem de verdade, ideal a qualquer mulher, investido de poder e charme, também se salientavam algumas excentricidades no seu temperamento.

Em alguns dias, não lhe servia o sexo, doses exageradas de sacanagens não o atiçavam, uma garrafa de vinho ou três de cerveja não demoliam a tensão dos seus músculos, ânsias, angústias ou lá que fosse. Nessas ocasiões, vestia a sua farda completa de oficial, montava o seu cavalo — majestoso, garboso, marrom — e armava-se com um rifle ou espingarda — não sei a diferença entre os dois. Partia a galope ao depósito que se situava atrás de uma saliência do terreno, de modo que eu só olhava o tenente se distanciando, subindo, subindo a elevação, e depois a descida até ele sumir, o quepe saltitante como a última visão dele. Era um espaço importante para ele, de satisfação, e a que eu estava privada. Quando o vento soprava em direção a casa, eu escutava tiros, também gritos e risos de seus homens. Um senão, porém, eu percebia, e era algo dissonante: na sua volta, jamais uma caça abatida, embora a cartucheira de balas vazia, e a arma quente de tantos tiros. Vinha calmo, demais para quem se retorcia em aflição antes, e aguentava um dia inteiro sem sexo, além de se entranhar num longo e silencioso sono.

Fábio termina a leitura e, ao devolver as páginas a Américo, põe-se enérgico: li e não entendi nada, então é conveniente você abrir o bico, que diabos é tudo aquilo, quem é esse tenente Sérgio, o que aconteceu por aqui?

Américo, zombeteiro: devagar como uma lesma, mocinho?

Fábio não deverá obter nada do capataz, pelo menos por ora. É quando se avalia: por que devo me meter nos assuntos dessa fazenda, no passado deste lugar? O melhor é não se envolver nessa mixórdia toda. Está extrapolando seus propósitos, falhando no que lhe foi prescrito — pois veio à Porteira Verde exatamente para quê? Para municiar-se de mais confusão?

De fato, Américo nada esclarecerá, pois, ainda cheio de ironia, diz que irá dormir um pouco, a tarde é feita para descanso, e agora, depois que tu leste essa historinha, estou seguro que não, não vais fazer nenhuma sacanagem comigo, e sabes por quê? Porque quando me acordar posso continuar essa novela, te apresentar melhor o tenente Sérgio, estás impaciente por isso, não?

20

Já é noite quando Américo reaparece. Ele sai do quarto e seu rosto está modificado; não, não é sono remanescente. Fábio enxerga no capataz um transtorno que, se continuidade natural do seu estado de sonolência ou, seu oposto, de excitação, contém agora um elemento novo: um olhar quase perverso, algo próximo a desvario. Pois traz os olhos fixos nele, Fábio, como se procurasse interpretar os seus menores gestos, deliberado a decifrar neles o que suspeita.

—Tenente Sérgio, não é? Tu me perguntaste sobre ele, não? — Américo ri, sem reserva alguma, obscenamente. Caminha de um lado a outro.

— O tenente! Como não me lembrei disso antes?

Sai da sala, premeditado a alguma ação.

Após alguns minutos, retorna, nas mãos uma farda do Exército. Ri como um endemoninhado. Explica que é tudo que pôde guardar dele, do tenente, e que havia até se esquecido dessa droga, pois, que utilidade, que serventia tem isso, talvez pra um baile de carnaval, quem sabe?

— Tu aí... tu agora vais ser o nosso tenente Sérgio.

Lança a farda aos pés de Fábio, vista essa roupa! Fábio paralisa-se; diabos, que merda é essa agora? Américo — rápido, mexa-se! — saca da parede a espingarda e aponta-o para Fábio, que ergue os braços à altura do peito, por instinto, por defesa. Faça o que eu digo! — grita Américo, e Fábio resmunga que você, seu cretino, está maluco... Fábio reconhece que seu ritmo não é igual ao do capataz, sua frequência de impulsos segue outro padrão, e este descompasso aliado ao incógnito, ao novo, lhe traz uma diminuição de energia no que deveria ser força e arbítrio. Então está certo isto: Américo lhe entrega um texto para ler que induz a um instigante caso e, de um momento a outro, que tudo seja posto de lado? Não, essa reviravolta não é compatível consigo, é próprio de um ermitão alcoólatra.

— Me obedeça, põe essa roupa!

— Mas que porra, que palhaçada é essa?

— Olha aqui, seu bestalhão, ou tu vestes ou te arrebento os miolos.

Fábio não se mexe. Por que isso? E por que comigo, que fiz de errado?

— Tu vieste aqui porque o chefe, o teu chefe, o de nome Rafael, te enviou com uma ordem que sabemos qual, disso estou convencido. Se é assim, vais representar bem o teu papel, o do tenente Sérgio.

— E o que tenho a ver com esse tenente?

— O que tem a ver? Ora, o que tem! Vou mostrar isso agora!

Américo dispara a espingarda. A bala aloja-se na parede, ao lado de Fábio, que retrocede, trêmulo, os olhos arrebatados de susto. É bom tu fazeres o que estou mandando... já perdi a paciência. Fábio abaixa-se e agarra a farda.

— Cuidado pra não amassar isso, seu cretino. É de oficial.

— O que faço...?

— Caralho, tira a tua camisa, a calça! Tu és retardado?

Obedece. Despe-se na presença de Américo.

— Vamos! Vamos!

Veste o uniforme.

— Tu estás bacana — ri Américo —, cai bem em ti. E põe esse quepe de oficial.

— Não acho graça nenhuma nessa besteira toda.

— Tu estás aqui para pôr em prática uma ordem do chefinho Rafael, mas ele esquece que quem manda aqui sou eu — e isso há muito tempo! Se cuido dessa parte, dessa propriedade, compete a mim decidir o que fazer, como fazer... e vai ser agora!

Fábio experimenta um princípio de pânico. E indignação. De si mesmo, por ter sido surpreendido com tanta facilidade.

— Vamos sair pra fora! Vamos dar um passeio na noite!

— O que você está inventando, homem?!

Américo obriga Fábio a sair da casa, a caminhar no escuro. Segue-o, alguns metros atrás. Os cães agitam-se.

— Esses bichos, tira esses bichos de perto de mim!

— Não se preocupe, o que vem por aí é pior do que esses cachorros, e vou fazer a gentileza de arredar eles pra longe; aliás, nem vai ser preciso.

Fábio locomove-se devagar.

— Vá andando! Não quero te ver perto de mim, meu dedo se embravece no gatilho.

Fábio nota que não mais chove, o céu está estrelado e a lua, na linha do horizonte, cheia.

Percebe, também, que os cachorros estão de pêlos eriçados, cauda entre as pernas, e ganem — de quê? Medo, talvez. Pois se movem de um lado a outro, nervosos, e alguns se põem a uivar. O procedimento deles é incomum, isso põe Fábio intimidado. Os mais medrosos não saem de perto do capataz, fazem círculos em torno dele, acovardam-se, se arqueiam. Os demais têm as orelhas erguidas, a vigilância focada no campo, para longe.

Américo ri, sarcástico:

— O que vem agora aterroriza até o mais feroz dos meus lobos.

Os cães buscam a proteção do capataz, depois, um a um, tratam de se refugiar próximos a casa.

— Tenente Sérgio — grita Américo —, vá, ande, podes ir embora, tu estás livre!

Fábio vê, à sua frente, a trilha que o devolve à estrada, à liberdade. Basta apenas o passo primeiro. Mas não. A prudência. A desconfiança acima de tudo. Não se prossegue impune, havendo uma arma engatilhada às suas costas. Há uma regência mal digerida nessa oferta, ou pelo menos um equívoco. Fábio conserva-se imóvel. Os olhos atentos na campina, no que o luar tolera que se descubra; os ouvidos despertos para qualquer ruído, revelação possível de algum movimento. A noite está calma. Tudo é categórico e, igualmente, vago.

Deveria ter agido de imediato em relação ao capataz, tão logo mapeou um ambiente sórdido. Atitude correta no instante apropriado. Mas o que fez, senão afundar-se neste lugar que se declarou perigoso já à primeira vista? Adiou para daqui a pouco. Nesse sentido até os cães da fazenda são mais inteligentes. Eles que somem quando a ocasião assim o determina. Agora, o desconforto ante o desconhecido.

Um estalido e, a seguir, um chiado retiram Fábio da indisposição. Escuta um som homogêneo, qual zumbido de muitos insetos. Crescente, constante, veemente. Vindo de todos os lados, a fazenda inteira nessa vibração. Incomoda, desnorteia. E se transfigura em gemidos, lamentos. Após, em uivos. Rouquidão de cavernas, de grutas; evocam umidade e escuridão, gosmas e odores. Como se viessem do fundo da terra.

Uma brisa gélida de repente navega pelos campos, ondeia a relva e os arbustos, faz estremecer a alma e os ossos de qualquer ser humano. Um sopro apenas, não mais que alguns segundos, e termina repentinamente. E também o barulho.

A ausência de qualquer rumor recupera seu sítio. Fora de época, de esquadro, inadmissível a essa altura. Pois tamanho confisco de alvoroço é subversão por demais.

Fábio vira o rosto um pouco à esquerda e compreende tudo. Sem susto, sem surpresa. Indiferença, quase isso. Ou afronta. Talvez porque a visão obtida é suficiente para interromper em si a incredulidade; mas se desacompanhado de alívio, o que seria então? Entrega, permissão concedida para o que viesse? Pois Fábio vê a lua que se alça sobre uma elevação do terreno, branca, enorme. Dentro dessa moldura, algo se propõe, difuso a princípio; porém, a seguir...

21

Na colina, no resplendor da lua ao fundo, o cavalo e a anciã.

Explicável o sumiço dos cães: a eles é preferível o refúgio a defrontar-se com aquilo, que certamente traz recordações, reaviva experiências, e refrear repetição do já vivido é tudo a que aspiram. Precaver-se, afastar-se — lições que oferecem, sem alarde. Imitar o exemplo deles, é isso que Fábio também deveria fazer. Porém algo o anestesia, subtrai-lhe o impulso necessário para tanto. Como se estivesse sob um transe, num fascínio hipnótico. Os olhos na aparição.

Fábio depreende que esse encontro era inevitável. Estava predestinado a isso. Desde o primeiro dia na fazenda. Quando manchas se introduziram por entre a sua percepção, e foram-se alastrando pela sua mente até esvair o que seria o seu propósito; por fim, o seu estado de agora: desamparo, imobilidade, estímulos conflitantes. Mas nesse momentâneo cessar de tudo, a possível justificação tão esperada. O esclarecimento, o desfecho.

Cinquenta metros separam Fábio da casa; trezentos, do cavalo. A casa deixou de representar abrigo, é agora o que sempre foi, desde o princípio — referência sinistra, acidental, um erro; voltar não significa mais nada. Porque tudo se resume no cavalo, se define na mulher, ambos fantasmagóricos. O resto são ecos longínquos, instantâneos de imagens, rascunhos apenas. Fragmentos de memórias, bólidos expulsos de uma caldeira fervente. Agora a contemplação panorâmica da planície, só isso, pois de si mesmo e do que sobra não há mais espaço para ilusões ou fantasias, é o oposto que se instala: o embaralhar dos sentidos, a desordem, o desequilíbrio, o mal-estar — os subterrâneos. Como se, dentro de si, tudo se desmoronasse de vez.

Nesse horror, o cavalo e a mulher.

A mulher e o cavalo, imóveis até então, agora se põem em movimento. Avançam ao encontro de Fábio.

Fábio recua. Tudo nele é pavor, é antecipação do pior impregnado em si. Há uma fratura, um fosso no seu cérebro, ausência de reflexão, nenhuma tessitura de engenhosidade, como se os átomos entrassem em ebulição e, em frequência ensandecida, escapulissem da carcaça craniana. Não, não há mais componente lógico habitando seu corpo; raciocínio, discernimento, inteligência, tudo está arrebentado, tudo é ruína.

O cavalo aproxima-se. O olhar brilha, os dentes à vista, o muco escorre-lhe pelo focinho, os relinchos são de um bicho em fúria. A mulher, à medida que mais perto, revela-se de fisionomia deformada, má, olhos esbugalhados. Fustiga Fábio com repulsa, ódio, um encarar que lhe dá tonturas. Ela instiga o cavalo para que avance sobre Fábio. Ele procura manter distância, esgueirar-se sem alarde. Porém o animal adianta-se, corta a sua trajetória, coloca-se à frente. Fábio vai para outro lado. Há um estrondo de patas e o demônio coloca-se em oposição a si, levantando poeira, os cascos arrancando pedaços do capim. O ritual se amplifica, todos os caminhos são interrompidos. A mulher solta um grito, que ecoa pelo campo e explode nos nervos de Fábio. Tudo é dilacerante: a loucura, agora, está dentro de si.

Fábio tropeça, cai.

O cavalo eleva as patas dianteiras, empina. O corpo agiganta-se, sustenta-se nos membros traseiros. E do alto, num relincho — negritude que se funde com a do céu —, joga-se sobre Fábio. No traçado que suga as estrelas, Fábio visualiza o volume arremessando-se sobre si e, num giro ágil, escapa do golpe. O quepe de oficial escorrega da sua cabeça, vai ao chão.

O quepe sobre a relva...

Há um rebuliço no cavalo. Suspende seu intento e retrocede uns dois metros. Agora age de modo imprevisível, não mais de ataque, mas de remoinho sobre si mesmo, um desandar frouxo, vacilante. O seu motim reitera algo como incredulidade.

Fábio aproveita o instante: desprega os botões da parte superior da farda, abre-a, desvencilha-se dela, segura-a na mão, peito nu. Nas mãos um recurso para açoitar o cavalo, bater-lhe no focinho e nos olhos, abrandar o impacto das patadas. O uniforme do tenente Sérgio como instrumento de defesa, e o animal salta para trás, assustado.

O cavalo relincha e faz volteios como se, de súbito, amainasse o furor, enquanto a anciã, inutilmente, tenta domá-lo. Fábio afasta-se, igualmente transtornado, sem atinar o que possa estar acontecendo com o cavalo, que vagueia sem mais o ímpeto de ataque. O relincho enfraquece, a selvageria se ameniza, tudo nele declina e deixa de ser monstruoso — como o estertor de um moribundo.

De repente, o cavalo ensaia um trote e para junto à farda do tenente Sérgio, largada ao chão. Desfere sobre a túnica uma patada, duas, a terceira sobre o quepe. Após, rodopia em si mesmo e corre para longe, e consigo a velha, encurvada sobre seu dorso, como que desfalecida.

Cessa o turbilhão, instaura-se o silêncio. Mas não de todo...

22

Agora são os cachorros. Eles vêm — um... dois... mais outro —, tímidos ainda, e desaparecem na escuridão. Outros surgem, o mesmo propósito. Mais uma vez a dança de tubarões, se aproximarão cada vez mais até cercá-lo, e então será o temido fim, o irremediável fim.

Apressa-se para procurar pedras no chão, tateia a terra à procura delas, encontra uma, duas, outra, mas são pequenas, continua a apalpar a grama até achar uma das grandes, esta pode fazer um belo estrago. Um dos cães chega bem perto, os dentes visíveis, rosna. Enfrentá-lo sem medo, de igual para igual, a derradeira opção, à vista disso arremessa uma pedra na fera, a maior. Desvia-se, o diabo. E se afasta, atemorizado, incrédulo; irá abrigar-se com seus companheiros, ou aglutinar-se num bando para a ofensiva? Essencial agora se aligeirar, antes que o instinto daquelas bestas os direcione para o massacre. Só lhe restam pedras de pequeno volume, estas não surtirão nenhum efeito em sua defesa. Por sorte, depara-se com um galho de árvore caído, de bom tamanho, agarra-a e corre para a casa, que está distante, a mil quilômetros. Outro cão vem ao seu encalço. Os olhos dele reluzem, a boca arreganhada. Fábio defende-se com o galho. Acerta o pescoço do miserável, que solta um ganido e foge, some nas trevas. É necessário acelerar mais. Dois cachorros se fazem presentes, o negrume da noite vomita-os a intervalos medidos. O primeiro leva a pior: uma pancada forte no crânio e ele cai, estrebuchando-se; o segundo: se não quebrou as mandíbulas dele foi por pouco. Até agora teve sorte, mas se assaltarem em horda não terá como escapar. Fábio avigora-se para correr mais rápido. A casa. Está perto, mais perto. É atingível. Quatro cães agora. Mas eles, temerosos, acercam-se sem muita coragem. Dá para chegar à casa. Fábio alcança a porta. Num empurrão abre-a, joga-se sala adentro. Vira-se e tranca a porta. Tudo é vertiginoso. Tudo é indistinto. Desorientação, labirinto.

Vê Américo: está com o corpo tombado sobre a mesa; ressona, o bêbado. Ao lado, um garrafão de vinho aberto. Não bastasse as cervejas, e as doidices, agora o vinho.

Fábio pega a garrafão. Urgente uma bebida forte. É mais que necessário igualar-se ao capataz e desabar-se na embriaguez.

23

Fábio acorda-se com dor na nuca, nas têmporas, mal-estar, náuseas. Um cheiro forte, azedo, de coisa podre impregna-se por tudo. Há luminosidade no quarto, é dia. De imediato remete-se à noite passada: o cavalo, a velha senil, os cachorros, os tiros, a farda do tenente, acontecimentos que o fazem atordoado. Levanta-se para abrir a janela. Os pés tocam em algo pastoso, então se recorda que havia vomitado, consequência do vinho. Imobiliza-se no meio da massa pestilenta, apreensivo, avivado de todo para o que viesse. Escuta sons fora do quarto. É da cozinha. Uma chaleira ferve. Fábio contorna a nojeira, limpa os pés com uma toalha, veste-se. Abre a porta. Há normalidade na casa, como se fosse um dia qualquer. Fábio vai à cozinha. Américo está à mesa, ocupa-se em aprontar um chimarrão.

— Caiu da cama tarde, hein?

Fábio fixa o olhar no velho, examina em torno. Tudo está ajeitado, limpo, em seus devidos lugares. Nada denuncia o massacre da noite. — São duas horas, eu pelo menos já comi — suspira Américo. Indica cansaço, está com olheiras. — Tem café, almoço não.

Fábio continua a olhar para ele, a investigá-lo na mudez. É invulgar o procedimento do capataz, ou terá ele a ousadia de dizer que nada aconteceu ontem? Dissimular, como sempre? Cinismo, mais uma vez? Mas os vômitos, no quarto? Fábio vai à janela: sol, cachorros deitados à sombra, a paisagem como sempre, encantadora; porém, o que é aquela marca de tiro na parede da cozinha, as lascas?

Fábio encara Américo, que se resguarda em seu sossego. Mas não, há algo de diferente nele. Um rosto muito abatido; não está bem, mas esforça-se para não deixar isso evidente. É uma tentativa que o deixa quase inerte, tal a fadiga. Fábio deduz que é oportuno confrontar a situação, interrogá-lo. Antes de tudo, reforça sua posição: Américo é seu inimigo. Embora este assim não aja, pois lhe oferece o chimarrão, o primeiro sorver. Aceno de conciliação talvez. Fábio aceita a gentileza, mas não tira os olhos de Américo. Analisa-o criticamente, demoradamente, com máxima prudência. O velho é um ator, ou ele, Fábio, é quem estaria equivocado por completo?

Esta fazenda vai acabar virando a tua cabeça — não foi isso que o capataz lhe avisou, no início dessa estada? Estaria ingerindo algum alucinógeno, alguma droga no meio da comida? Enlouquecendo, talvez? Possessões demoníacas?

— Não está bom o chimarrão?

Fábio detém-se na metade do sorver. Mais uma vez, está sendo comandado pelo velho. Que fazer? Resignar-se com mais um dia de igual morosidade, ou dar um fim a esta história toda? Então, rompendo com todas as indecisões, expressa numa inflexão enfática o que nem esperava dizer, não assim de súbito, e isso o desestabiliza, sim, a si mesmo, por tê-lo feito desse modo, e pelo caráter irrevogável do dito:

— Vou embora, vou sair daqui, hoje mesmo.

24

Fabio ergue a voz: - Você escutou bem? Estou caindo fora!!

Sentença impensada, definitiva, sem possibilidade de anulação, posição viril — ou seria covardia?

Américo recebe essa notícia como se isso não tivesse nenhuma importância, ou já esperasse por tal remate, de modo que nenhuma reação mostra, para ele tudo continua na melhor das amenidades, apenas uma ponta de indiscrição: o que não entendo é que tu tiveste várias oportunidades de fazer o que deveria ter feito, mas nada fez, ficaste parado, e agora, obrigação fracassada, vais de mãos vazias, por quê? Fábio, talvez contrariado pelo pouco caso que o capataz demonstra, responde com irritação:

— Não me encha o saco, quero ir embora o mais cedo possível, só isso.

Américo, ainda impassível com o rumo que toma essa relação desgastada com Fábio, mas animado por apressar o desenlace desse inesperado esboço, coloca-se a seu dispor:

— Te levo à rodoviária, mas suponho que vais comer alguma coisa, pelo menos um café — sugere Américo.

Fábio concorda. O mal-estar persiste; se fizer uma pequena refeição, talvez melhore. O capataz esquenta o café, põe à mesa um pedaço de salame, queijo. Há nele um contraste com os dias anteriores: fadiga, lentidão. Parece envelhecido, frágil, domável até. Não mais arrogância, nem dureza, tampouco desfaçatez.

— Coma o que e quanto quiser. Afinal, tu bebeste pra caralho ontem.

Para Fábio esse comentário não soa bem, há algo desarmônico, uma falsidade sobreposta.

— O que você disse?

— Que tu te excedeste no vinho, ontem – responde Américo, num enfado descomunal.

— Não foi assim!

— Tu não lembras, é claro. Mas fizeste fiasco, me deste um trabalho e tanto.

A objeção, o exaltar-se de Fábio é proporcional ao tamanho da inverdade, da injustiça, da má-fé de Américo, no seu papel de verdugo.

— Não fiquei bêbado, porra! Você é que adormeceu aí na mesa.

— Rapaz, não vamos discutir, oquei? Não no teu último dia, está bem?

Fábio decide não mais conversar com o velho, senão será convencido de que esteve delirando, com febre. Partir, é isso que interessa. A aspiração maior. Hoje mesmo, agora, para sempre. Pois, efeito da sua decisão intempestiva, de súbito a Fábio o alívio, a liberdade, a sensação de algo bom, frouxo, leve. De repente, é factível ir para longe, fugir, sem olhar para trás. O extraordinário: a via aberta, desimpedida, abandonar tudo, o que há de ruim por aqui. Esquecer a anciã, o cavalo errante, os cães. Restabelecer a vida de sempre. Sim, regressar ao mundo real.

Fábio vai ao quarto, irá limpar a sujeira do vômito para que o capataz não perceba o que se passou. Ao final da arrumação, toma um banho quente, veste roupas limpas. Com pressa.

Retorna à cozinha, mochila de viagem às costas.

— Vamos, então. Estou pronto.

Pouco depois, e finalmente, acomoda-se no jipe, ao lado do capataz, e se permite a um suspiro longo, flácido, aliviado, perceptível ao algoz.

O motor é ligado, dá-se a partida.

Por fim, o que deveria ter feito desde o primeiro dia: o revólver. A arma está sob sua camisa; fará uso dela, sim.

25

Américo dirige devagar o jipe, como se hesitasse em ir adiante, como se não acreditasse que ele, Fábio, estivesse partindo; ou talvez de propósito, a falta de pressa, para dilatar o desfrute da companhia do visitante que parte e, quiçá, facilitar a ocasião para que ele demonstre a que veio — curiosidade, aposta, masoquismo? A casa e a fazenda — os cães retidos nos limites do portão — aos poucos retrocedem, apequenam-se, desaparecem. Agora, na brisa ao rosto de Fábio, o gozo de se ver liberto. A opressão de Américo, uma realidade distanciada que, com sorte, deverá ser esquecida. A borrasca, a ruindade, o irrespirável daquele fim de mundo, para sempre varridos. Assim como o aperto no peito.

O jipe vai por uma via secundária, sem movimento; à sua margem, campos e colinas a sumir de vista; logo mais, a oferenda, dádiva maior: a cidade, a rodoviária, o ônibus, a saída desta região. Por que não fez isso antes, por que se prendeu por aqui? Quantos dias permaneceu nessa letargia insalubre? Tão fácil ir embora, bobagem ter adiado tanto. Agora, para casa.

O veículo deve percorrer uns dez quilômetros até a estrada, e daí o dobro à cidade. O tempo que falta para tanto e a mudez de Américo deixam espaço para Fábio meditar sobre o que aconteceu até aqui. Então tudo se amotina de vez: a perspectiva de estar em liberdade, sem coação alguma, a volúpia advinda dessa possibilidade, o que fazer a partir de agora se misturam ao refluir dos pensamentos à fazenda. As ideias recusam-se a ir avante, não progridem, estancam numa zona de entulhos e remexem o que deveria se manter inerte — nada fazem de proveitoso, apenas evoluções à beira do inútil.

É muito cedo para negligenciar Américo e seus domínios, tudo é recente, forte demais para reclamar o desligamento. As influências perduram. E tornam Fábio inquieto. Pois uma lacuna não pode sobrar à margem: a explicação do que aconteceu na fazenda. Pinçar o significado de tudo aquilo, reabilitar as causas, apossar-se delas. Se não obtiver nenhum esclarecimento do que se passou, como dormir tranquilo? Fábio intui que não deve esperar muito. Demanda-se outra atitude. E ele sabe qual. A ação que falta, embora tenha perdido muito de substância, de motivação, é a mais adequada ao momento, a única, remediar tardio sim, porém redentor. Indispensável esse ato, improrrogável um outro fim. De risco. Que uma vez acionado não possibilita o refrear, nenhum conserto, restauração alguma. Porém é necessário que se faça isso. Fábio se anima, súbito arrojo, sente-se de novo fortalecido, como assim deveria ter-se conservado desde que pôs os pés nesse lugar hediondo.

Fábio puxa o revólver que estava oculto sob a camisa. Aponta-o para o capataz.

26

Fábio sente-se revigorado com o revólver na mão. Ordena que Américo pare o jipe. Ele não reage, custa a assimilar o que ocorre. Mas não se impressiona com a arma. Ao contrário, continua dirigindo o veículo, e agora ri: finalmente despertou a bravura, hein? E foste inteligente, sair da fazenda, e longe dos meus cachorrinhos, não?

— Não faz parte do meu plano pôr uma bala nos teus miolos, mas não duvide de que eu faça isso, se você não parar agora.

— E pra quê?

— Você tem que me pôr a par sobre tudo da fazenda.

Américo diverte-se: fedelho, eu não me acovardo contigo, saiba disso, faço um jogo rápido de direção e te atiro pra fora do carro. Fábio ameaça estraçalhar os miolos do capataz com um tiro só. E abisma-se com a sua própria força, com a sua recuperação, a capacidade de impor condições.

— Todos esses dias, tive uma obsessão: quando tu irias pôr o revólver em cena? E é agora, na saída, que tu tens peito pra isso! — Américo, num sorriso de menosprezo.

Américo retoma a energia habitual. É como um crocodilo que ressurge das águas depois de supostamente abatido, a mesma vitalidade, o viço refeito. E propenso para o ataque. Assim sendo, quando ele freia o jipe não é por submissão ou conveniência, é como se estivesse de igual para igual com Fábio. Sorri, faz um gesto de desafio: — e daí, o que tu queres de mim? Fábio aponta para uma árvore na lateral da estrada com uma sombra enorme. Américo estaciona o veículo; ambos desembarcam, cada qual separado do outro pelo carro. Não se ponha muito à vontade — anuncia Fábio —, talvez eu seja realmente o que você julga.

— Daí a porra desse revólver...

— É, a porra desse revólver. Olha aqui, sem frescuras, estou sem paciência. Se você falar tudo, estaremos quites entre nós, e vou-me embora logo.

— E se eu me calar?

— Meto chumbo nos teus miolos.

— Então será o que sempre pensei de ti, um puto que veio aqui pra me fritar.

— Talvez sim, talvez não.

— Um filho-da-puta.

— É admissível que sim, é provável que não.

— Seu merda, estás brincando comigo?

— Vamos admitir que sim, vamos considerar que não.

Américo ameaça ladear o jipe, jogar-se sobre Fábio, que recua, firma o revólver com ambas as mãos, mira o tiro. E ordena ao capataz que fique onde está, e que se apresse em falar.

— Os meus cachorros, enquanto eles estavam por perto tu não tiveste essa valentia.

— Sem moleza, não. Você vai abrir o bico ou te furo a testa.

— Não estou a fim porra nenhuma.

— Então vou ser obrigado a ser duro com você, seu

teimoso.

Ambos se olham, apreensivos.

— A questão — reinicia Fábio, depois de uma pausa — é que você me deve explicações. Sobre esse lugar.

Américo sorri, mas agora com uma inclinação menos insolente:

— Não perco nada se contar a verdade, não? Aliás, já andei fazendo isso por aí, pra outras pessoas, no bar da cidade, umas partes apenas, não tudo, é claro. Mas não vou te dar esperanças, isto é, não enquanto tiver esse revólver apontado pra mim.

— Você vai confessar. Por bem ou por mal!

— É aí que te enganas, só conto quando tiver garantias.

— Vou te estourar essa cabeça cheia de merda, só isso.

— Não vais, não. Se não fizeste isso até agora, não mais. Tu queres é o fim da minha história, estás curioso pra cacete; não, tu não vais atirar.

Fábio admite que está se exaurindo, que o capataz retoma seu mando, as rédeas sendo trocadas de mão. A capacidade de Américo de reformular, de superar qualquer obstáculo e pôr-se acima de qualquer restrição — isso é desanimador.

Américo sorri, dá uns passos de um lado a outro, relaxado, à vontade, um pontapé no pneu do jipe, um toque na lataria, um exame superficial na sua pintura — não, tu não vais disparar mais, desafia, convicto. Encosta-se no jipe, cruza os braços, as pernas. Fábio faz pontaria à testa do capataz. Américo faz uma careta, turrão este moço, e disfarçadamente abre a tampa do tanque de combustível. Puxa do bolso da calça a chave do jipe. Introduz a chave na boca do tanque. Sorri.

— Se eu fizer a chave cair aí dentro, tu vais ter que caminhar um bocado até à cidade. Asseguro: vais perder o ônibus de hoje.

— Peço carona, seu burro!

— Não, de modo algum. O pessoal aqui da região é meio pé atrás com gente de outras paragens. E vamos dar um fim nessa lambança, vou ser bem direto: tu vais ter que dormir no hotel, registrar o teu nome...

— Seu cretino.

— Te informo, ô asno, que tenho uma chave de reserva. É só voltar à fazenda, são poucos quilômetros, posso até te facilitar, te dou uma pista onde possa estar guardado. Ah, ia-me esquecendo: meus cães não vão gostar muito disso, não.

Fábio cede, abaixa a arma, emudece.

Américo ri: tu é quem provocou isso, e agora um não confia no outro, foi tu quem pôs um revólver em cena.

— Porra, eu preciso pegar o ônibus hoje!

— Tu tens que decidir: ou me mata logo e assume o jipe pra ir embora, ou se quiseres conhecer os casos dessa fazenda vais ter que me aguentar, mas antes de tudo vais ter que falar de ti, a tua parte, a tua história, disso não abro mão; se não dessa forma, dá o tiro de vez!

Fábio aceita a imposição do verdugo, está bem, como queira, digo o que vim fazer aqui, e você me põe a limpo sobre tudo desse lugar, assim completamos este jogo. Negativo, meu anjo, não agora. Américo condiciona que não aqui, vamos é pra cidade, é lá no bar que vamos conversar, pois modestamente falando, assuntos desse tipo só consigo com cerveja à mesa. Fábio silencia. Rancor de si mesmo: tem uma arma na mão e está sendo regido por um velho decrépito.

— Nós vamos combinar o seguinte: eu dirijo o jipe, e tu, que estás armado, sentas no banco de trás; assim vai te sentir seguro, não? Pois bem, quando a gente chegar à cidade, tu vais ter que esconder esse brinquedinho aí, certo? Vou ser leal. Vou contigo comprar a passagem de ônibus, depois a gente vai ao bar, aquele que nos encontramos na primeira vez, e tomamos umas cervejinhas — isso não é mais agradável?

— Por que você está fazendo isso?

— Porque, seu imbecil, vou escutar a tua história, ter certeza que tu vieste a mando do mocinho Rafael; além disso, depois daquilo da noite passada, não vais querer ir embora sem a minha parte; portanto, tu não vais me matar. Pelo menos, não por enquanto.

— ...

— A gente vai se acertar. Vamos em frente?

Fábio concorda em partir. Sobe no jipe, senta-se no banco de trás, revólver engatilhado.

27

O jipe dá entrada na cidade. Fábio põe o revólver na mochila. Américo sorri, confessa que está aliviado e ávido por uma cerveja. Fábio não dissimula o espanto: há pouco, Américo esteve ao alcance de uma bala de revólver, e agora aí, tranquilo, isento de tudo, ao natural. Juntos, vão à rodoviária, como se nada de discordante houvesse acontecido. Fábio compra o bilhete; partida: ao anoitecer — trato cumprido. Depois, encaminham-se ao bar.

Fábio manda servir cerveja à mesa. Para aliviar a tensão e arrefecer o que arde por dentro. Sua cabeça está fervendo, o raciocínio, de todo degenerado, não segue um curso ordeiro. Veio até aqui para escutar as histórias do capataz, mas suavizou a vontade para tanto, apático ao que há de vir. Pois está num bar, prestes a ir embora, definitivamente, e em vez de aceitar isso com satisfação, júbilo até, de novo afunda-se em pensamentos obtusos. Como se a Porteira Verde o arrastasse de volta, uma atração o persuadisse a regredir, uma força irresistível. Deveria ter-se desligado dali sem contratempos, despedir-se do capataz ainda lá na fazenda — adeus. Agora estaria aqui, neste bar, aguardando o momento de o ônibus partir, mas desacompanhado, absorto em reflexões ou curvado sobre o celular, que se fizera tão mudo enquanto nas lonjuras da fazenda. No entanto, fez a besteira de sacar o revólver. Para quê? Não seria melhor, mais conveniente, ignorar o que se passou? Mas, o que há para ser clareado? Pois tudo poderia ter sido ilusão, apenas isso. Porque é de se perguntar: é admissível, verossímil a anciã, o uniforme do tenente, os tiros, o ataque do cavalo? Talvez nada daquilo tivesse acontecido, tudo seria uma insânia!

Agora, longe de onde esteve nesses dias todos, à medida que os sussurros do mundo retornam à sua percepção — tilintar de copos, vozes, trânsito de veículos, televisão no bar — toda aquela experiência desmancha-se, as sensações empalidecem, o impacto de antes se abranda. À semelhança de um nevoeiro que se abre, o cotidiano se alastra novamente, o rotineiro oferece-se e exprime um argumento: não se preocupe, foi um transtorno efêmero, só isso. O cavalo, que tanto o impressionou, seria algo questionável, duvidoso — será que vi mesmo aquilo? —, até acabar convertido numa figura destituída de relevância. Quem termina desgarrando-se de bêbado, vomitando vinho, a mente em redemoinho, não tem como afirmar nada. Seria, pois, como insinua Américo, bebedeira? Os gritos da velha na noite, a investida feroz dos cães: exorbitar do álcool? Talvez seu próprio cérebro, adoentado, febril, intoxicado concebeu aquelas assombrações como um pintor que, a partir de um vulcão interior, cria seu quadro. Sim, tudo aquilo é intraduzível, não faz sentido algum. A velha, o cavalo, a farda do tenente, os cães, o ruir de tudo...

Mas agora, diante de si, tem a vez de obter algum esclarecimento, pálido que seja, sobre aquelas aberrações. Pois Américo está arredado do seu chão e parece, pelo menos neste bar, indefeso, fatigado, agonizante, disposto a submeter-se ao trato, a abrir seus segredos, a varrer as turbulências que o atormentam, eis que destronado de toda a sua aura, do poder que ostentava em seu território. Um velho ansioso por se comunicar, necessitado de um desabafo, pronto para expelir o que o aflige, desvincular-se dos sobressaltos dos seus próprios subterrâneos. Iluminar, assim, as obsessões que indispõem Fábio — o que houve de verdade naquela fazenda? Por que o extremo, o inconstante, o surpreendente lá? O que diferencia aquelas terras do seu próprio mundo? Pois necessariamente deve haver algo, uma exposição que seja, uma característica que identifique, que faça distinguir aquele lugar em relação ao seu de todos os dias. Os fantasmas, seria isso?

Sim — só agora Fábio percebe —, naquela fazenda o passado está vivo, animado, pegajoso, moldando posturas e juízos do capataz. Memórias. Isso explica a vitalidade que Américo demonstra. Porque para se sustentar incólume em meio àquelas visões, fazendo parte daquilo, peça integrante da composição, é preciso rigor consigo mesmo, exercer autoridade, esta enunciada com clamor sempre que importunado. A asfixia que impõe a qualquer pessoa que se aproxime dele é decorrente de reflexo, incandescência, manifestar da sua condição, destreza necessária à sobrevivência, permanentemente revigorada. Porque a brasa, quando a sopros lentos, queima mais do que a chama alta. E conservar-se num só ambiente como ele faz, contido numa célula única, num núcleo inviolável — a fazenda —, há de incutir um sentimento de segurança a ele, de onipotência; e mais, confinar-se no que for tolerado e dominável, músico de uma mesma e eterna sinfonia, deve ser preferível a qualquer variação ou novidade, e traz conforto a esse velho ardiloso. Diferente do que adota ele, Fábio, que ousa movimentar-se por onde lhe apetece, e atravessa e transgride todos os sinais, e se esvai nos instantâneos do presente, no que pulsa e apaga-se, e vive o mundo tal qual este se apresenta, no que é flamejante e real.

— Seu moço, e essa boca calada? — Américo corta as divagações de Fábio.

— Oh, sim, desculpe... estava pensando.

— E posso saber o quê?

— Sobre você.

— Ah, em que tenho a honra?

Fábio diz que, pelo que pude entender de você, do seu ponto de vista, esse seu mundo, a fazenda, deve permanecer igual ao que sempre foi: fossilizado. E você, seu capataz idiota, na sua burrice pôs toda a sua vida a perder. Ficar nisso aí sem nenhum benefício e gratidão, enquanto lá fora o mundo vibra, as pessoas vivem, fazem amor, procriam... Chegar à velhice neste estado: o fígado feito esponja, o cérebro variando, se esclerosando...

— Não se meta nisso, é problema meu, de mais ninguém. E saiba desde já, seu mocinho insolente, eu não aprovo mudanças, fui contratado pelo patrão, o antigo, o verdadeiro, pra cuidar dessas terras, e cumpro a minha parte.

— Você é uma continuidade, um sobrevivente de outra época, estagnado em algo que já morreu. Meu velho, os tempos mudaram. E, além disso, você teima em não reconhecer que seu novo patrão tem direito de fazer algumas transformações.

— Sou pago pra que essa terra esteja sob boa administração, como convém, não pros caprichos do doutorzinho.

— Mas ele é o proprietário agora, ele é quem manda, ele quer outra coisa de você!

— Pois o senhorzinho nem pense em mexer por aqui enquanto eu estiver vivo.

— Que bosta fedorenta existe naquela fazenda de merda?! Lá nada é normal! O que você quer preservar?

Fábio tem em mente que alguma desgraça, peste, praga, todo tipo de excremento paira por lá, pois, com o passar dos dias naquele lugar, entrou em espiral, em rotação e sandice psicóticas, e soçobrou numa complicação sem vislumbre de saída até, graças a Deus, ser resgatado por essa retirada de última hora. Não, não foi nada fácil, pois houve como que um desmoronamento em si, e agora se sente imprestável, fútil, sem ânimo e, pior, reduzido a um túnel sem saída e entupido de quinquilharias. Quando chegou à fazenda perdeu o pé, as estacas, o manejo. Acabou broxa, frouxo para enfrentar cada novo dia. Mesmo agora, agora que está indo embora, para sua casa, não tem a menor ideia do que fazer. Sim, seu próprio mover-se é idêntico ao de Américo. Tudo em si é viscoso, fluído.

— A verdade é que você contribuiu para tornar aquilo um manicômio. E abusou comigo, ultrapassou o demarcado; aquilo que fez com o uniforme do tenente, o tiro, a minha expulsão para fora de casa, o aparecimento daquele cavalo endiabrado — que agora começo a duvidar ter visto —, o cerco, a arremetida, o terror, as feras saindo dos esconderijos para me despedaçar, tudo aquilo foi demais.

Américo esboça um sorriso:

— Pois é, quando tu chegaste aqui, logo deduzi que tinha a missão de me matar, isto estava claro, mas vi um cara meio desorientado, um tanto perdido. Pois quando te olhei pela primeira vez, e depois nos dias seguintes, tive até inveja de ti. Um moço em pleno vigor da vida, que vive a vida, sim, num mundo que, seja como seja, tem de ser vivido de qualquer jeito. Ao contrário de mim, que fez a besteira — e aí assino o que tu disseste, concordo contigo — de jogar fora todos os meus anos pra cuidar dessas terras, zelar o que já pertence ao ontem e ao outro. Eu te enxergava com alguns probleminhas, sim, mas vivo, na curtição da vida; te comparava comigo: eu, sucata, um velho pra ser liquidado. E aí só havia duas opções. A primeira, atiçar os meus cães contra você, a segunda, sem tu saber, apertar a tua mão e dizer pra mim mesmo: talvez eu mereça morrer, e logo, por isso vou consentir que o moço faça o que tem que ser feito, e que seja quando quiser, na forma que escolher.

— E não aproveitei isso!

Fábio reprova a si mesmo, imperdoável a sua isenção, eis que se permitiu conduzir por vielas tortuosas e nada de concreto fez, nenhuma ação prática.

— Sim, o patrão está certo em mudar de vida, tu também estás cheio de razão no teu estilo de viver, o mundo de hoje é uma só cloaca; nesse esgoto, alguns são fortes e ricos, outros, pequenos charcos, pântano raso. Eu já sabia disso antes de o patrão te enviar pra cá. Só não enlouqueci porque caí na bebida.

Fábio, com desapreço do infausto à sua frente, ignora Américo e volta-se para si mesmo:

— Eu vim para cá, a longínqua, desabitada, bucólica Porteira Verde, por meio do senhor Rafael, e aqui chegando deparei-me com uma paisagem limpa, a suavidade das ondulações do campo, e senti-me resguardado dos perigos, das ameaças, das feiuras de onde vim. Mesmo privado do ir e vir, aprisionado pelos teus cães, aceitei aquilo.

— E agora está todo emaranhado, não?

— Estou pior, me sinto mal.

— Esta terra é amaldiçoada. Aqui houve atritos horríveis, e sob o capim há uma carga de energia negativa, muito ruim.

— Quando aqui pus os pés — murmura Fábio, compadecendo-se de si mesmo —, vi uma planície de muita paz, senti uma sensação de descanso, alívio. Igual ao que experimento às vezes ao entrar numa igreja. Em contrapartida, você encarnava o papel de um padre furioso dando sermão, as bravatas do castigo eterno. Agora me dou conta que este remanso é o mesmo dos cemitérios.

Américo pede mais uma cerveja e arremata: é, meu jovem, tudo está muito confuso. Fábio pondera que aqui é tão agradável, a vista pelo menos. Sim, tem uma certa calmaria, concorda Américo.

— Foi o que me cativou, o que me reteve aqui quando deveria ter ido embora.

— Foi por esse tipo de mundo, inteiro, legível, redondo, que o doutor Genésio havia cedido a fazenda aos militares.

28

Américo está melancólico, bebe a sua cerveja e mostra-se calmo, todo seu ócio a dispor. Então, como se dirigisse a si mesmo, suspira:

— Doutor Genésio, um grande homem, muito honesto...

— Teria algo de interessante para me falar dele?

Muito e quase nada, diz o capataz. Conviveu com o patrão sempre meio afastado, mesmo quando ainda residia na fazenda, e depois ele foi embora quando os militares chegaram para tomar conta. Foi para algum lugar longe, pelo que se soube, e nunca mais voltou. Desinteressou-se da propriedade? Não, pelo contrário, gerenciava, dava ordens, supervisionava, mandava recursos, mas muito friamente, sempre à distância, por telefone. Telefone da dona Clarisse.

— Dona Clarisse... daí essa amizade entre vocês.

— Até que um dia doutor Genésio silenciou, suponho que a idade o abateu, e o filho, o seu Rafael, pôs o chapéu de quem manda no pedaço, dono de tudo.

O filho veio à fazenda pouquíssimas vezes, acrescenta Américo, consentiu que ele permanecesse como capataz, a propriedade ao seu encargo, concedeu a ele os mesmos direitos que o pai lhe havia dado, sem alterações, e o incumbiu da continuidade das tarefas de até então, não queria se incomodar com nada. E agora tem intenção de vender isso tudo, pegar o dinheiro e viver a sua vida. Mas ele, o filho, considera imprescindível limpar alguns resquícios do passado, isso para que a sua biografia não seja revirada de alto a baixo, talvez possuidor de outras culpas, necessitado de anonimato.

— O que realmente aconteceu aqui? Você fala, mas nada diz — enraivece-se Fábio.

Américo agora faz renascer seu emblema maior, o de descortês, tosco, grosseiro como sempre foi. Mas, por baixo dessa capa de intratável, seria de fato Américo um homem forte como aparenta ser? Viver isolado de todos, imerso em suas próprias recordações, possuído de secretas razões, seria daí a sua robustez? Ou, ao invés disso, não haveria solidez alguma, apenas dissimulação, ornamento para embaralhar os ingênuos, plumagem para tapar o raso, cores para encobrir suas fraquezas? Américo, um homem frágil, corroído, vergado, combalido, talvez este seja o seu autêntico ser. Um indivíduo pequeno, domesticado, vil. Carente do que mais primário é, do elementar, do substancial. E que exercitou o disfarce, exibiu apenas a superfície, mascarou o essencial. Talvez por isso, para se ver irreconhecível, se faz de truculento. Exige:

— É a tua vez de falar, a verdade da tua vinda pra cá.

Fábio tem que cumprir a sua parte do acordo. Mas nada dirá. Que proveito terá disso? Não, não está inclinado a revelar nada. Enunciar o quê? Que veio de São Paulo para que mesmo? Falar o que de São Paulo? Dos pedaços de luzes, dos estilhaços de sons como são as noites de lá?

Faróis de automóveis, sirenas de carro de polícia, anúncios luminosos no topo de edifícios, pulsar das cores das boates, agitação de bares, movimentação nas ruas e nos restaurantes, vai e vem dos metrôs, saxofones e guitarras envolvidos por feixes de luzes e fumaça de cigarros, multidões nas calçadas, prédios às escuras, hotéis de executivos, motéis de programa, desfiles de moda, shopping-centers, juventude alegre, sorvetes, cinemas, caras zangadas, ônibus cheios, pessoas mal vestidas, gangues de jovens de periferia, lixo nas escadarias e nos parques, grafites nos muros e nas paredes, vidraças quebradas de lojas, ruas sujas e esburacadas, medo, velocidade, rock, tudo é rock, televisão, tela de dispositivos móveis, videoclipe, aeroporto de Guarulhos, jato para Nova Yorque, Londres, Paris, apartamento de alto luxo, carro zero quilômetro, antena parabólica, favelas debaixo de viadutos, operários levantando-se de madrugada, assaltos. Tudo é já.

Discorrer desse mundo que não leva a nada? Compor o inexplicável, resumir o que esfacelado é? Traduzir de que jeito o alarde das passeatas, das insônias e dos cansaços? Com que cores disfarçar a neblina da poluição, a que cobre todas as vidas de lá? Com que palavras descrever ao capataz que o seu mundo é tão oposto ao dele? Um velho que tem para si, para seu usufruir egoísta, o verde limpo de um campo ondulado, e a fabulosa amplitude do céu — azul no verão, ventoso e gelado no inverno. Ou assim não seria? Pois nesta paisagem — linda, sim, atraente — onde tudo deveria se assentar íntegro, onde a extensão do horizonte teria que corresponder a vastidão de um olhar igual, onde a mudança das estações deveria trazer, ao natural, repouso, contemplação, percepção próxima à sabedoria, há também o desconforme: o romper de fantasmas, o eclodir vivo de um passado sombrio, sinistro. E nesta planura, em meio à natureza aprazível, onde se almejava a harmonia, ou pelo menos alguma serenidade, de repente precipita-se o lúcifer na figura de um cavalo marrom-avermelhado – como interpretar isso? Refazer esse teatro, organizá-lo de modo a possibilitar um julgamento, formular uma síntese para a compreensão de tamanha disparidade das peças, como adquirir tal habilidade?

Não, essa competência não está consigo, pois o que é abundante em si, com opulência condenável, é a própria indecisão. Na chegada à fazenda, ou mesmo antes disso, deveria ter tomado alguma atitude, rápida, eficiente. No entanto, adiou o momento. E, cada dia que se humilhou na fazenda, e à medida que se chafurdava no lodo, via-se imobilizado, imprestável, domado. Isso teve o mérito — pelo menos — de fazê-lo conhecer um mundo em que tudo, absolutamente tudo podia ser reinventado, transfigurado, destruído em vista da deformação de todos os parâmetros e mandamentos. E que, por ter vacilado, por não ter ido embora de imediato, essa chance qualificou-se incomparável, valiosa. Pois teve tempo de refletir muito, sobre si mesmo, sobre sua presença nesse lugar.

Depreendeu a significância, a gravidade do que aquele homem, lá em São Paulo, um desconhecido, numa reunião num restaurante de péssima categoria na avenida São João, lhe encarregou de executar. O homem, um sujeito de má aparência, cerveja à mesa, disse: preste bem atenção às minhas palavras. Começou com uma recomendação, a de que deveria desprezar qualquer boato, de quem quer que seja, sobre o lugar para onde iria, que simplesmente não desse bola para falatórios de qualquer espécie, isso se porventura houver tempo para ouvir essas tolices. E por fim deu as instruções. E ele, Fábio, escutou atento a proposta: precisamos de você para solucionar um caso, é numa fazenda, trata-se do caseiro.

Ele, Fábio, seria tão somente um parafuso na engrenagem, um pino ordinário e minúsculo, com objetivo de detonar um alvo, extirpar um vírus, eliminar um perigoso espécime sobrevivente de eras passadas. Projétil com trajetória programada, ele, Fábio, mas que se extraviou do seu rumo e se esvoaçou como um desgovernado, tal qual o capataz.

Contudo, talvez nada disso fosse conveniente dizer ao capataz. Serviria apenas para perturbar o ermitão, enfraquecê-lo.

É melhor não fazer isso, não nesse instante, pois Américo, de súbito, talvez extenuado pela recusa de Fábio em falar de si, resolve avançar a sua parte, abrir seus segredos, despir-se.

— Vou te desembrulhar umas coisas, afinal é pra isso que estamos aqui, não? Tenente Sérgio, quem sabe?

29

Tenente Sérgio, o maldito que estragou tudo, que adulterou todos os bons propósitos. Um canalha, débil mental, cérebro de rato. Pois aquele símio violou todos os graus de decência, de honradez. Como um insensato — ou arruinado por uma febre que o lançou ao último grau, no mais baixo, no raso da dignidade humana —, desrespeitou a distinção que lhe conferia o posto de oficial, avançou por onde não devia, fez o que não podia; qual um senhor feudal, um bárbaro da Idade Média, implantou na fazenda o terror. Que aqueles homens contra quem o tenente lutava mereceram o fim que tiveram, isso ele, Américo, apoiava. Eram todos inimigos e estava, o país inteiro, em guerra interna. Mas não na escala como o tenente fez, não nessa fazenda.

— Pois foi num dia de inverno, chuvoso, quando o tenente Sérgio havia consumido meio garrafão de vinho, no almoço, com ela, sua namorada, Valéria...

— É a velha, a do cavalo, não? — arrisca Fábio.

— Exato, Valéria, ela mesma — confirma Américo.

Uma espécie de tristeza, de sonolência albergou-se no tenente. Ia à janela, olhava as nuvens carregadas e praguejava merda...que merda. Não admitia essas fraquezas em si mesmo, procurava reagir a isso, e sabia como: convidou Valéria para irem se deitar. Valéria adivinhou a intenção. Mas não estava com vontade de satisfazê-lo. Havia comido muito, acima da sua quota, e isso promovia estragos na sua disposição, na sua libido; o apetite maior era dormir, anular-se, nada além disso. A chuva e o frio fomentavam essa desistência, por esse motivo recolheu-se à cama, antecipando-se ao tenente. Logo, esvaiu-se no sono. Em meio à dormência, pressentiu a investida dele, a busca, a ânsia pelo sexo, mas o ignorou, fazendo-o abster-se do desejo. Transcorrido uns minutos, de novo apreendeu os movimentos dele: levantava-se, vestia-se. Ela voltou a dormir.

— Você está inventando essa história — interrompe Fábio. — Esses detalhes são íntimos demais para você saber.

Américo sorri:

— É que, com o passar dos anos, de tanto cismar sobre o acontecido, o que poderia ser apenas imaginação, simples hipótese, palpite meu, deixou de ser, não me culpe.

— Como vou ter certeza de que não está mentindo, me enrolando?

— Tem que confiar em mim, é tudo que posso oferecer.

Resignado, Fábio cala-se. Américo: posso ir adiante?

Valéria despertou com tiros fora de casa. Foi à janela. Entardecia. As nuvens flutuavam baixas, volumosas, e o frio se fazia mais intenso. Com que finalidade o tenente saiu de casa? Escutou outro tiro, e outros, sucessivos. Era isto: ele divertia-se. Valéria, rosto no vidro embaciado, inquieta: que extravagância é essa, não dispensar nem num dia como esse tal divertimento? Por que não dava fim a essa doidice, não regressava a casa? A tarde esvaía-se, a chuva cada vez mais densa, a paisagem apagava-se na obscuridade, mas, a intervalos de minutos, os tiros sucediam-se, e Valéria à janela. De súbito, o que seria apenas uma vaga impressão de algo ruim, revelou-se: dois soldados corriam afoitos, apressados, a chamado de outro, e desvaneceram-se na neblina espessa. Mais três soldados na mesma direção. Ouviam-se vozes, ordens. De repente,

Valéria viu o cavalo do tenente Sérgio a galope, desgarrado como um indomável, para logo sumir no nevoeiro. Sem o tenente.

Valéria refreou um grito, correu à porta, aflita. A chuva, hostil, bateu em seu rosto. Ela hesitou, sentiu um certo pudor, deteve os passos. Tentou se convencer de que nada havia de errado, que estava se precipitando, que essas preocupações eram exagero de sua parte. No entanto, distinguiu um grupo de soldados, ajuntamento compacto, figuras esmaecidas e encharcadas que se moviam na nebulosidade. Carregavam um volume, um corpo. Valéria correu até eles. Afastou-os com um empurrão e debruçou-se sobre o corpo. Viu os olhos opacos do tenente, o sangue no seu rosto, na boca, no nariz.

A expressão do tenente Sérgio exibia um grito represado, como se, nos segundos finais da sua existência, tivesse se defrontado com algo aterrador.

30

Valéria adoeceu com o choque da morte do tenente. Permaneceu, dias e dias seguidos, alheia, desconectada da realidade, apartada do cotidiano, desprendida da rotina de até então, do que fora ou seria vida saudável — uma morta-viva. Trancou-se em seu quarto e, quando dele saía, vagueava sem rumo, sem saber o que fazer, uma tonta. Ninguém para ajudá-la, ninguém a orientava em nada, ninguém ofertou amizade. Comia pouco, emagrecia, não cuidava de si, não se ajeitava, sequer uma pintura facial. Era dor demais, solidão demais, destroços, açoite. Culpa. Por não ter segurado o tenente consigo, não ter se submetido à voragem dele, o tenente que, por pressuposto, teria se esgueirado da cama vigoroso, pleno de exuberância, decepcionado com a frouxidão dela, e saído em busca do que lhe era vital — a emoção. Enfrentara a chuva e o frio, o tenente, e não dera importância a isso, só que, logo mais, a sua audácia colidiria com a fatalidade. E restou em Valéria o inaceitável, o que não se mensura. E medo. Repugnância por tudo, da vida, do mundo.

O novo oficial, por certo desconhecendo a conexão de Valéria com o tenente, presumindo talvez que ela fosse da família do proprietário da fazenda, nenhuma mudança fez em relação à sua presença na casa, acomodou-se junto aos demais soldados.

Demorou três semanas, exatos esse período para uma melhora. Recomeçou a se interessar por algumas coisas, pequenas, próximas. Os afazeres da casa, as plantas aos arredores. Fazia caminhadas pela fazenda, longas, solitárias, silenciosas, sem se relacionar com ninguém, uma figura esguia. Esquivava-se de um prédio — onde, antes de a propriedade ser ocupada pelos militares, funcionava como depósito de produtos, máquinas e utensílios — que servia como alojamento dos soldados; a vida da caserna, a vida do tenente, não queria ver isso. Do outro lado de uma elevação do terreno, um galpão fechado, sem janelas, a porta central cerrada, o mesmo que, por imposição do tenente, Valéria tinha que se manter sempre afastada. Ali, algo diferente: os soldados dispunham-se em maior número ao redor. Quando se acercou desse imóvel – afinal, por que o tenente impunha proibição de se aproximar desse prédio? —, foi barrada por um aviso ríspido, de todo impensável: que se distanciasse, o mais longe. Empunhavam armas, os soldados. Valéria não esperava isso, não daqueles que foram subordinados ao tenente. Indignou-se — outro pesadelo? Os soldados passaram a ser uma ameaça, não mais proteção e neutralidade quando sob comando do tenente. Assim mesmo, por diversas vezes repetiu a averiguação, o sondar do prédio; circundou-o por vários dias, mas sem insistência. E sempre se deparava com um rifle apontado para ela, e a ordem: caia fora!

De súbito, algo novo aconteceu na fazenda, e de forma abrupta. De um dia para o outro, todo o aparato dos militares começou a ser desativado, as instalações foram desmontadas, os equipamentos, encaixotados. Não que o acidente com o tenente fosse a causa, autoridades superiores determinaram que a tropa fosse retirada. Os soldados, como que em debandada, foram embora de supetão quando caminhões do Exército chegaram para recolhê-los.

Valéria escondeu-se para que não a achassem — a fazenda, embora não sua de direito, seria seu lar de fato. Após a ida do último homem, tudo se quedou inerte, abandonado, inclusive o prédio que foi guarnecido sob armas dia e noite e, agora, à disposição do vento que assobiava pelas calhas e a quem mais quisesse.

Valéria não se conteve, foi até o galpão, o interditado para ela, o que lhe fora negado tantas vezes, e forçou a porta. Muitas tentativas até conseguir entrar no seu interior, que estava vazio. E o que viu não foi nada bom. E aí me apresentei a ela.

— Como assim? Você veio de onde? Onde estava?

Américo serviu-se de mais um copo de cerveja — mais um, parece não ter fundo esse barril — e disse que, enquanto os soldados ocupavam a fazenda, continuou morando lá, numa pequena cabana distante da casa principal, posteriormente demolida, e tinha permanecido conforme o desejo do patrão, devidamente negociada a sua presença com o tenente Sérgio. Mas ficara o mais longe de tudo. Na maior discrição, mudo, surdo e cego, fazendo apenas o que lhe fora incumbido. Na evacuação da tropa, reassumiu o controle.

Américo, após uma interrupção generosa a si mesmo — para valorizar o que tinha a expor, ou apenas recuperar o fôlego? —, diz: quando apareci na porta do galpão, Valéria em seu interior olhando tudo, dando voltas a esmo, tratei de mostrar a ela o que havia disperso pelo chão, esquecidos pelos cantos, alguns utensílios, ferramentas, arames. Apontei pra manchas de sangue na parede. E expliquei o que se fazia ali: tortura. Pessoas tinham sido detidas ali, prisioneiros políticos. Estávamos numa espécie de guerra interna, lembra-se? Sim, a fazenda havia sido utilizada pelos militares como centro de detenção.

— Então Valéria compreendeu o alcance, a dimensão do que acontecia sob o comando do seu queridinho tenente.

Mas o pior ela ainda estaria por saber. Quando tomou

conhecimento de determinados pormenores, das atrocidades cometidas em alguns dos prisioneiros, a crueldade, a depravação, a imundície do tenente, sentiu-se enganada, traída e, tomada pelo ódio e horror, saiu campo afora...

Sabe aqueles tiros que o tenente Sérgio dava nos campos? É coisa que se faça, santo Deus, o tenente montar o cavalo, armar-se de um rifle, arrancar da sua cela um prisioneiro e soltá-lo pelos campos, fazer o desgraçado correr e ele, oficial do Exército metamorfoseado no próprio Diabo, a galope, a certa distância, atirando no cara como quem caça um javali? É atitude de homem, na sua plena consciência, empunhar a espada, alcançar um infeliz e, como um mongol, decepar a cabeça do coitado? Quando o condenado caía abatido, os soldados que acompanhavam o divertimento o sepultavam ali mesmo, numa cova rasa — não estavam lá pra muito trabalho.

Américo despachou seu depoimento com sofreguidão, como se quisesse desembaraçar-se dele e, açodado, decretasse vá, faça o que bem lhe aprouver com isso!

Américo, se antes insensível às ansiedades reprimidas de Fábio, ou porque sabe que o ônibus parte logo mais, e o forasteiro irá embora sem o fundamental, parece que se obriga, e por fim, e para qualquer fim, expurgar em definitivo, e totalmente, o que tanto lhe sonegou. Como se fosse tomado por uma compulsão, eleva a voz, e de tal modo que suas palavras poderiam até ser captadas por outros frequentadores do bar, mas o bar, por sorte, ainda está vazio: a grande e fedorenta cagada — e que sempre me perguntei se o doutor Genésio estava a par, se aprovava o que se fazia nas suas terras —, é que houve muitas mortes aqui, uma verdadeira chacina.

— A fazenda está pontilhada de ossadas, é só um trator revirar a terra e desenterrar várias delas. O problema é que me nego a cumprir o que o doutorzinho Rafael quer. Que vá contratar outro pra limpar o terreno. Eu tocar em osso de morto, não, isso não é comigo.

31

Fábio lamenta-se por estar indo embora, e como lhe resta pouco tempo para ficar com Américo, tem pressa agora:

— E a farda do tenente, por que me vez vestir aquilo?

Américo ri, exclama que é uma bobagem. Fábio enfurece-se: mas eu quase me fodi!

— Tu não vais acreditar... acho que não vale a pena...

— Vamos lá, me esclareça essa questão!

— Está bem! Está bem! É simples: quando alguém põe o uniforme, a mulher e o cavalo imediatamente aparecem, não sei de onde.

— Mas, vêm para quê?

— Pra se vingarem do tenente, pra castigarem o carrasco.

— Por quê?

Américo diz que Valéria, depois de ter visto o que viu, só aspira por vingança, tamanho ódio ao monstro.

– Só pode ser isso, não consigo imaginar outra motivação, nada além disso.

— E o cavalo...?

— O cavalo viu seu cavaleiro fazer tanta matança, tanto sangue que, penso eu, se repugnou, revoltou-se contra o dono.

Pois chovia, fazia frio, o entardecer cobria em brumas os soldados, as árvores e o campo; no chão, estendido numa poça d'água — dois tiros na cabeça —o corpo de um prisioneiro.

De súbito, o cavalo, desnorteado pelo tumulto dos tiros, ou pelo cheiro de sangue da vítima, desobedeceu a um comando do tenente Sérgio: agitou-se, girou em torno de si. O tenente irritou-se, pôs-se a chicotear o animal. Ambos entraram em refrega, e o cavaleiro perdeu o controle da situação. Um corcoveio e o tenente foi lançado à lama.

O cavalo, aos relinchos, elevou as patas dianteiras, deu altura ao corpo, deteve-se por segundos na vertical, e atirou-se sobre o tenente. Arrebentou-lhe os pulmões, amassou-lhe o crânio, desfigurou seu rosto.

32

Fábio está impressionado com a confidência do capataz. E mais que antes, irrequieto, impulsionado a indagar, insistir, sorver de Américo tudo o que possa ainda ser confessado, o que ele guardou até agora. Pois é espantoso o que Américo relata. O que alimentou a sua imaginação e a dos frequentadores desse bar, finalmente lhe é descerrado. Agora, em suas mãos, o que ficou encoberto por tantos anos.

— Depois disso, desde aquela época, apareceu alguém para fazer alguma investigação por aqui? — pergunta Fábio.

— Não, nunca, ninguém.

O que fazer ante o ônus dessa revelação, de tamanha envergadura? — Fábio pergunta-se — segurar a verdade consigo ou compartilhar com alguém, mas quem? Contudo necessitaria de tempo, de todo e qualquer desimpedimento consigo mesmo, de total e abrangente presteza em sua racionalidade, mas não é o que possui agora, não agora, não justo agora.

Já são nove garrafas de cerveja sobre a mesa, há o suor, o calor. Há abatimento no rosto de Américo, aflição no de Fábio, ambos decaídos pelo cansaço, pelos excessos. O mergulho em suas vivências, isso os deixa assim, também a despedida, nunca mais vão se ver — sabem disso. Nessa atmosfera, o inevitável: o resvalar para o interior de si mesmos, o que faz pior este momento. É noite já, o bar se enche de gente, de barulho. O calor agora se acentua, mas a causa é o álcool, o corpo transpira, Fábio está com o rosto engordurado pelo suor. A perspectiva da viagem o incomoda. O que fazer quando chegar ao destino?

Porque a realidade modificou-se, não há como ignorar a importância do que Américo desnudou, e muito menos o seu próprio envolvimento. Como se o capataz o surpreendesse desprevenido, indefeso, e o jogasse num poço, e aí está, enredado até os ossos. Que atitude tomar? A primeira, com certeza, é conversar com Américo, aconselhá-lo a ir embora, o mais breve possível.

— Por que devo fazer isso, se estou bem aqui?

— Escuta, velho, se não mudar de ideia, em São Paulo eu talvez divulgue tudo aos jornais. Em vinte e quatro horas vai desembarcar aqui um bando de jornalistas!

— E daí? Os meus cachorros não vão concordar que eles entrem na fazenda. Além disso, já faz muito tempo que aquilo tudo aconteceu, ninguém vai se importar.

— A imprensa, a polícia, a Comissão de Direitos Humanos...

— Por que não calar a boca?

— Talvez seja o meu dever... denunciar tudo que agora sei.

— Ah, sim, limpar a consciência, típico de pistoleiro arrependido.

— Você está convencido disso.

— Ô moço, não sou tolo, não!

— Então saiba que, se eu não fiz o trabalho, alguém virá para terminar o serviço.

Fábio olha o capataz, demoradamente, com simpatia, dó. Américo lhe parece agora um homem muito velho, alquebrado, solitário. O rosto dele traduz sofrimento, os olhos, algo como nostalgia. Esqueceu-se até, o companheiro de agora, de exigir a sua história, a de Fábio, como se dispensasse a sua parte. Talvez a crença dele – a de que Fábio é um matador profissional — seja tão sólida que abdica do interrogatório.

Fábio ergue-se, é hora de ir. Olha para Américo, no fundo dos seus olhos. Pois agora está decidido, irá relatar tudo aos jornais. Apurar uma época finda, fundi-la ao atual. Sabe, no entanto, que isso transformará a vida de Américo num inferno. Num outro. Isto é, se ele estiver vivo até lá. Deve fazer isso, apesar de tudo.

— Não vale a pena... — lastima Américo, exalando fadiga, uma abismal descrença, desistência, ou seria derrota?

— Vou participar a todos o que sei. Vai vir gente de todo lado para revirar a terra, vão achar os corpos.

— Não, a maldição deste lugar já te agarrou, portanto, creia, tu nunca vais conseguir isso.

— Você duvida de mim? O fato aí está, bem visível, nada vai me impedir de espalhar tudo que sei.

— Vou repetir, e vou ser bem franco: a maldição já te pegou, te cercou todo.

— Não seja ridículo!

— É o cavalo, o cavalo do tenente... É esse animal que vai se opor.

— Ah, e como?

— É que tu vestiste a farda do tenente. Agora estás marcado.

— Que conversa é essa?

— O cavalo, ontem à noite ele cedeu no ataque

porque tu te despiste da farda, desorientou ele com isso. E além do mais, tu conseguiste te refugiar na casa. Mas o cavalo está enfeitiçado pelas almas dos mortos da fazenda, dos que clamam vingança, e ele, de um jeito ou outro, vai te alcançar.

Fábio levanta-se da mesa, informa a Américo que deve ir à rodoviária já. Américo não ergue o olhar, apenas prescreve: pois vá a pé ou de táxi, foi aqui que nos encontramos e aqui vamos nos separar. Fábio põe a mochila de viagem às costas, gostaria de dar um abraço no capataz, ser retribuído de igual forma, uma despedida mais calorosa, algo menos frio. Porém, de Américo, nenhum gesto, intenção nenhuma, apenas o olhar vago, estagnado no copo de cerveja. Fábio dá meia volta e dirige-se à porta de saída. Porém, escuta Américo resmungar algo, num tom entristecido e sarcástico, acredita ter ouvido: é uma lástima, um rapaz tão moço... Fábio vira-se, olha para o capataz, contudo este se expõe alheio a tudo. Fábio, em passos enérgicos, deliberado a ir de vez, ganha a rua.

Apanha um táxi e ordena ao motorista: à rodoviária.

33

O táxi corre. Adiante, à altura do horizonte, a lua se oferece: o clarão, que sugere o fim de um longo túnel escuro — bocal a sugar o veículo e onde vertem todas as trajetórias –, parece estar no aguardo do passageiro exausto, à disposição para acolhê-lo, escape do sufoco. As luzes dos faróis fazem as cenas da rua emergirem velozes, desconexas, fragmentos que se arremessam para se destroçar a seguir, instantâneos de impressões. O táxi avança e a janela está aberta, o vento no rosto de Fábio, o vento que é um bálsamo à vertigem, ao abafamento. Fábio está curvado, quieto, braços cruzados sobre o abdômen, e por algum motivo as pernas estão trêmulas. De súbito, dá uma ordem ao motorista: que voltasse, que passasse defronte ao bar, devagar, pois precisa ver novamente Américo, certificar-se de que o capataz existe de fato, que não é alucinação. O motorista obedece e faz o retorno.

O automóvel, agora, percorre a rua do bar, e vai aproximar-se do bar, do mesmo onde Américo se abriga — as janelas envidraçadas, as luzes, os vultos. Fábio olha para aquilo que se projeta em sua direção, obsessivamente. O bar é um templo iluminado que se destaca no negrume da rua; as pessoas que lá estão — sentadas algumas, outras de pé junto ao balcão – são figuras em movimento, estranhas composições, rabiscos. Fábio pede ao motorista que diminua a velocidade. Agora o carro como que desliza sem ruídos, e a perspectiva vai-se modificando no interior do estabelecimento, revelando pormenores do recinto e ocultando outros. Fábio enxerga Américo. Américo está à mesa de sempre, solitário, acabrunhado, garrafa de cerveja diante de si.

O táxi continua seu trajeto e Fábio vira o rosto para trás: o bar desloca-se lentamente, vai afastando-se. A visão de Américo vai se tornando fugidia, pardacenta, diminuta; por fim, pelo distanciamento do veículo, dissolve-se.

Fábio como que suspira de alívio ao não mais enxergar Américo, está indo embora, não pretende mais voltar para cá, nunca mais. Pois a ele se torna cristalino que, nos dias de hoje, os fantasmas dos mortos, dos desaparecidos que expiaram sob a demência do tenente, desabrocham naquela paisagem que deveria, sim, se perpetuar imaculadamente bonita – espectros que só os cães enxergam, e os fazem uivar, eriçar o pelo, tremer da cauda ao focinho. E também o cavalo do tenente, extraordinariamente poderoso, irrealmente jovem, no seu incansável galopar pelos campos, e ainda Valéria, na sua peregrinação insensata, na sua eterna busca pelo descanso.

Na rodoviária, Fábio enxerga o ônibus, o ronco do motor ensaiando a partida, e tudo está deslocado, deturpado, promíscuo. Assim como o surgir de Clarisse, repentino, não previsto, que se aproxima dele e, numa voz grave:

— Tome cuidado com esta viagem.

Fábio assusta-se com a aparição dela, indica que não está compreendendo nada. Tontura, embrulho, alvoroço, bebeu muita cerveja no bar. Havia se inteirado de verdades terríveis, e agora está aflito e empolgado ao mesmo tempo, fragilizado e, na mesma proporção, robustecido, cheio de angústia e também anestesiado por uma serenidade de quem está sentenciado a cumprir uma missão. Por isso, Clarisse diante de si é uma exposição do surpreendente que há por aqui, do fora do comum. Mas o que pretende ela, por que veio à rodoviária, o que significa esse encontro? Algum desígnio definido, ou seria mais um acaso, outro acidente na rota da vida? Daí que apenas murmura:

— Por que deveria?

— Tudo aqui é uma cilada, o tempo aqui é algo circular, flutuante, embaçado, e fatos que aconteceram, às vezes muito lá atrás, voltam no mesmo arranjo, no feitio de antes, no movediço de sempre, o ontem passa a ser o amanhã. Acho que estamos, todos nós, aprisionados num círculo finito, mas igualmente infinito, repetitivo, que nos absorve, nos traga, todos nós, para um mesmo e perpétuo destino.

Fábio nada diz, a presença da mulher lhe traz desconforto, e receio.

— No último verão — notifica Clarisse, olhando-o

firme —, apareceu um indivíduo na fazenda, jovem como tu, pra fazer exatamente o que tu vieste fazer. Mas, assim como tu, não conseguiu nada. Quis ir embora, ou melhor, escapulir, apavorado com o que viu, com o que experimentou, com o que Américo o fez padecer, e por esta mesma rodoviária.

Clarisse, num sorriso enigmático, diz que esse jovem saiu da cidade neste mesmo horário, de ônibus, assim como tu estás fazendo agora, isso depois de ter conversado um longo tempo com o Américo, lá no bar, lá onde tu estiveste minutos atrás. De igual forma, Américo não o acompanhou até a rodoviária. Muita coincidência. Por isso, ela, Clarisse, veio até aqui para dar a Fábio um aviso: cautela. Pois naquela ocasião houve um acidente. Sim, com o ônibus, o mesmo que o jovem havia pegado. A cinco quilômetros da cidade o ônibus se deparou com um cavalo da fazenda do Américo...

— O mesmo que tu deves ter conhecido, e aposto que num momento adverso.

— O cavalo?

— Sim. Um espécime esplêndido. É o que o tenente Sérgio montava. Américo te falou sobre isso, não?

— Ele me contou tudo.

Pois esse cavalo estava no meio da estrada, encarava a aproximação do ônibus, como se esperasse o veículo, como se o desafiasse. Não se afastou das buzinadas, nem dos faróis. O motorista tentou passar à margem do obstáculo, mas perdeu o controle e o ônibus se desgovernou, saiu da estrada, capotou num barranco. O acidente foi feio, várias pessoas se machucaram. E um morreu. Justamente o tal forasteiro. Ele foi jogado para fora do ônibus, o corpo ficou estendido junto a uns arbustos. Um semblante de grande terror... O cavalo nada sofreu, saiu ileso, incólume.

— O cavalo, nunca tão monumental e soberbo, permaneceu algum tempo ao lado do cadáver, depois se diluiu na névoa, sumiu na escuridão — confidencia Clarisse.

E finaliza:

— Aqui, os homens, os fantasmas... estamos condenados ao mesmo de sempre...

O autor

Paulo Strelzuk - Porto Alegre, Brasil.

Publicou "Os Amarrados" (contos), pela extinta Editora
Tchê! de Porto Alegre – 1985.
- Láurea "Revelação de Autor" - "Prêmio Guararapes" -
  União Brasileira de Escritores - Rio de Janeiro – 1987.

Publicou "No Cone das Horas" (novela) pela Kindle -
Amazon - 2012.
- Finalista do "Prêmio Casa de las Américas" - Cuba -
  1990;
- Editado na 43ª Feira do Livro de Porto Alegre, série
  "Autor do Dia", pela Câmara Rio-Grandense do Livro e
  Prefeitura Municipal de Porto Alegre - 1997.

Publicou "Baioneta de Domingo" (contos) pela Kindle –
Amazon - 2012.

Publicou mais de 20 contos em suplementos literários de
jornais na década de 1980, principalmente no "Caderno de
Sábado - Correio do Povo" de Porto Alegre e "Suplemento
Literário Minas Gerais" de Belo Horizonte.

Obteve premiação literária e menção honrosa em concurso
de contos "Prêmio Guilhermino Cesar" - FIDENE – Ijuí/RS
- 1981.

Colaborou como crítico literário na extinta "Folha da
Manhã" de Porto Alegre na década de 1980.